❦中英對照❦

有一天，
我把她的名字寫在沙灘上

英語情詩名作 100 首

陳黎・張芬齡

譯著

目 錄 Contents

譯者序

陳黎・張芬齡

　　多年前，我們譯著了一本《世界情詩名作100首》，頗獲一些愛詩朋友的肯定和鼓勵。書中選譯了莎士比亞、拜倫、葉慈等多位英語詩人之作，有幾首被譜成曲傳唱的，還特別附上英語原詩，以利讀者閱讀或聆樂。只是該書所選詩人包羅東西方，要一一附上原文可能有些不切實際，但讀詩，特別是閱讀名詩，如能在翻譯外對照自己能通的原文，將有助於閱讀者更細膩地領略詩人創作之妙。於是我們乃思索編選、翻譯一本中英對照的英語情詩名作選，且為詩作加上適當譯註、賞析，讓讀者能立體地從英文／中文，感受到這些情詩名作的情韻、聲韻之美。日以繼夜選擇、推敲、琢磨的結果，即是這本收錄四十多位詩人、106首詩作的《有一天，我把她的名字寫在沙灘上：英語情詩名作100首》。

　　情詩的題材本不該只限於男女之間的愛情，凡指涉人間情愛、情慾、情色、情感、情誼的詩作皆可稱作情詩。或有人說：情詩，不就跟愛情一樣，就是「愛來愛去」而已？沒錯，「愛來愛去」的確是人間情愛或情詩的本質，但其中卻大有學問。「愛來愛去」有時是哀聲嘆氣，不言不語；有時是「high 來 high 去」，舉止若狂；有時是矮來矮去，偷偷摸摸；有時是疑神疑鬼，輾轉難眠；有時是愛恨並濟，黑白不分；有時是活來死去，沒完沒了……與愛有關之事，之詩，豈可等閒視之？

我們始終相信：好的情詩也是寫詩高手在寫作競技場上「高來高去」的出色演出，好的情詩也絕對是一首呈現人生體驗，值得細細咀嚼的好詩。在這本書裡，我們選了許多文學史上的知名詩作，也選了英語詩選中鮮少收錄的傑作。前者如莎士比亞的多首十四行詩，馬維爾（Marvell）的〈致羞怯的情人〉，愛倫坡（Allan Poe）的〈安娜貝爾‧李〉，阿諾德（Arnold）的〈多佛海濱〉……等。後者包括十六、七世紀無名氏的〈她一絲不掛躺臥床上〉，勾吉士（Gorges）的〈她的臉〉，杜雷頓（Drayton）的〈一切只有不和我，以及哦和不？〉，司馬特（Smart）的〈為身材短小向某女士辯白〉，以及十七世紀女詩人菲莉普絲（Philips）的作品等——相信都是第一次被譯成中文的特異之作。這些詩作，一方面呈現了我們平日閱讀的傾向，一方面也反映了從 21 世紀初回看過往詩歌的現、當代趣味。這裡面，有像菲莉普絲或米蕾（Millay）這樣的女性主義先驅者的詩作，也有歌詠同性之愛的作品（如男性的惠特曼，女性的菲莉普絲）；更有許多讓人讀之眼睛立刻為之一亮的小詩人的精采大作，或者大詩人的動人小品——譬如頗普（Pope）的〈兩三：戴綠帽祕訣〉，勃朗寧（Browning）的〈當下！〉，荷立克（Herrick）情趣盪漾、色香味俱在的短詩……這些都是似乎被忽略了的佳作。

我們希望讀者能讀到不同的情詩題材（或是兩情相悅的男歡女愛，或是含蓄隱晦的同性情愛，或是曠男怨女的情愛糾葛，或歌讚肉體之美，或頌揚精神之愛）；看到不同的敘述策略（或情感澎湃，深情告白，或假借隱喻，以景寄情，或尖酸嘲諷，嘻笑怒罵，或冷眼旁觀，淡然以對）；深入不同的情感層次（或深情浪漫，甜美歌讚，或青春洋溢，青澀懵懂，或哀婉淒美，痛苦掙扎，或怨懟不滿，苦澀嘲諷，或追尋摸索，深沉體悟）；領受不同的語調（或感性，

或知性，或激昂，或冷靜），不同的觀看角度（或從男性觀點，或從女性觀點，或從同性觀點）。總之，我們希望這本書的詩作能夠在年代、題材、風格、形式、情調、技巧上呈現多樣性。這樣，即便是一本情詩選，也等於是一本具體而微的四百年英語名詩選集。

在每一位詩人詩作的後面，我們幾乎都寫了長達兩頁的譯註、賞析，言簡意賅地介紹詩人的生平背景與寫作風格，深入淺出地詮釋作品，提供閱讀觀點，希望讓這本書不只是情詩的選譯，同時是一本袖珍的英語詩歌簡史，以及瞭解詩歌藝術的工具書。翻譯這些詩時，我們自然也碰到一些周旋於信、達、雅之間的基本問題。我們兩人雖有多年寫作或翻譯所謂現代詩的經驗，但在翻譯這本書中的某些詩時卻也不避格律——或者說，試著融合自由詩與格律詩的某些特點，為我們的譯作翻轉出一些「陌生化」的美感效果。

陳黎曾提過，在翻譯《世界情詩名作 100 首》時「我們試著在一些譯詩中適當呼應原詩的格律，以增加趣味。但如果因為形式而錯失內容的精準，我們寧以自由詩的形式再現原意，再現我們的感動。」這樣的看法在譯此本《有一天，我把她的名字寫在沙灘上：英語情詩名作 100 首》時並無多大改變。相對於美國詩人龐德（Ezra Pound）式的「活譯」或「曲譯」，我們傾向直譯；我們認為：只要做到信、達，原詩張力在焉，雅自然在其中。翻譯者不該是企圖美化或改變原作面貌的美容師兼造型師，他該盡量保留原作精神，不加油添醋，不妄加粉飾，不稀釋，不濃縮，讓作品本身去為自己發言，譯者不宜多嘴干預。

翻譯像猜謎或拼圖遊戲。但，是有謎面而無確定謎底的猜謎——你必須自己發明答案，並且讓你的讀者信服；是割裂以後，無法也不許拼回原貌的拼圖遊戲——你必須拼出一幅既是又不是原

圖的新圖。這是曖昧的遊戲，傷腦筋的樂趣，辛苦的甜蜜。

譯著這本《有一天，我把她的名字寫在沙灘上：英語情詩名作100首》的我們，期待我們不足為道的辛苦，能帶給讀者具體有徵的喜悅或收穫。每一首情詩的背後都有一個愛情故事，每一個愛情故事都代表著不同的人生體驗或不同的愛情觀點，蘊含著對愛情或生命本質或多或少的認知——融合這些體認，我們或可衍生出讓身心安頓的愛的哲學。翻開這本《有一天，我把她的名字寫在沙灘上：英語情詩名作100首》，或者用它多讀一點英文，或者用它多讀一些詩歌，多接觸一些音樂，或者用它——如果你覺得愛和人生都還可愛——多愛一點人生，多愛一點愛。

這本情詩選的閱讀版圖是多向度的。讀者可以輕易地從日新月異的網路資源（譬如 YouTube）上，找到相關詩作的朗讀或不同版本的歌曲演唱，成為聽者、歌者或真正的「（朗）讀者」——看見情詩也聽見情詩，愛上詩歌也愛上與之合而為一的音樂。啊，每一台電腦、每一支手機的液晶螢幕，多像一條靈光閃動、盈盈皎皎的銀河，斜斜地把古往今來情愛的詩意與濕意，流灩進我們心的視窗。莎士比亞在他的第18首十四行詩裡對他的愛人說：「只要人們能呼吸或眼睛看得清，／此詩將永存，並且給予你生命。」我們也要說：「只要人們能呼吸或者網路上得去，／此書將永存，並且不斷給你樂趣。」

2020 年 2 月・台灣花蓮

英語情詩名作 100 首

無名氏

西風

西風啊，你什麼時候會吹起，
點點小雨跟著落下？
基督啊，如果我的愛人在我懷裡
而我再度在我床上！

Anonymous

Western Wind

Western wind, when will thou blow
The small rain down can rain?
Christ, if my love were in my arms
And I in my bed again!

四月在我情人臉上

四月在我情人臉上，
七月在她眼裡發光，
她的胸部藏著九月，
而她的心是冷冷十二月。

April Is in My Mistress' Face

April is in my mistress' face,
And July in her eyes hath place,
Within her bosom is September,
But in her heart a cold December.

晨歌

別走，噢情人，不要起床，
那閃閃亮著的是你眼裡的光；
天還沒破曉，是我的心破裂，
因為你和我必須離別。
　別走，不然我的喜悅會死去，
　暴卒於它們的嬰兒期。

Aubade

Stay, O sweet, and do not rise,
The light that shines comes from thine eyes;
The day breaks not, it is my heart,
Because that you and I must part.
   Stay, or else my joys will die,
   And perish in their infancy.

情歌

我的愛人穿著打扮頗見其妙，
跟她的人相得益彰；
一年四季都有合適服裝可挑，
不論冬，春或夏天。
她沒有錯失一絲美麗，
如果衣服穿在她身上；
但當一切衣服都褪去，
她就是美自身的模樣。

Madrigal

My Love in her attire doth show her wit,
It doth so well become her;
For every season she hath dressings fit,
For Winter, Spring, and Summer.
No beauty she doth miss
When all her robes are on:
But Beauty's self she is
When all her robes are gone.

她一絲不掛躺臥床上

她一絲不掛躺臥床上，
而我就躺在她身旁；
圍繞著她的只有簾子，沒有面紗，
沒有遮蔽物，只有我。
她的頭慵懶地
垂倚著肩膀，
雙頰泛起紅暈，
兩眼滿是渴望。

剛浮上臉龐的血色
好似帶來一個訊息，
告知在另一個地方
將有另一場遊戲。
她櫻桃般的唇濕潤又豐美，
數百萬朵吻鑲嵌其上，
成熟尚未採收地懸盪著，
樹枝因荷重而彎垂。

她那豐滿堅挺的乳房
讓我產生甜蜜的痛苦。

She Lay All Naked in Her Bed

She lay all naked in her bed,
And I myself lay by;
No veil but curtains about her spread,
No covering but I.
Her head upon her shoulder seeks
To hang in careless wise,
And full of blushes were her cheeks,
And of wishes were her eyes.

Her blood still fresh into her face,
As on a message came,
To say that in another place
It meant another game.
Her cherry lip moist, plump and fair,
Millions of kisses crown,
Which ripe and uncropt dangled there,
And weighed the branches down.

Her breasts, that welled so plump and high
Bread pleasant pain in me.

我抵死也不抗拒

這一類的幸福；

她的腿股和小腹，柔軟美麗，

在我眼前若隱若現：

美食當前，嚐之不得，

就是石頭也會發火。

她的兩膝向上微彎，

底下形成一個凹窩，

彷彿相處頗易，不用強迫

就會自動張開，

塞浦路斯女王就是這樣躺著

在她的閨房等候，

因為耽擱太久，小情郎沒有在

約定的時間出現。

「傻小子，」她說，「為何遲遲

不領受這自動上門的快樂？

你怎樣都找不到

同樣的際遇吧？」

狂喜忘形，歡聲如雷，

我張開雙臂撲身擁抱，

但是，哎呀，那只是一場夢。

我躺著，她不在身旁。

For all the world I do defy
The like felicity;
Her thighs and belly, soft and fair,
To me were only shown:
To have seen such meat, and not to eat,
Would anger any stone.

Her knees lay upward gently bent,
And all lay hollow under,
As if on easy terms, they meant
To fall unforced asunder;
Just so the Cyprian Queen did lie,
Expecting in her bower,
When too long stay had kept the boy
Beyond his promised hour.

"Dull clown," quoth she, "Why dost delay
Such proffered bliss to take?
Canst thou find out no other way
Similitudes to make?"
Mad with delight I, thundering,
Throw my arms about her,
But pox upon't 'twas but a dream.
And so I lay without her.

如果愛是甜蜜的熱情

如果愛是甜蜜的熱情，
為什麼它讓人痛苦？
如果是苦的，噢告訴我，
何以我心滿意足？
既然我被快樂所纏，
為什麼我還要抱怨，
或者哀嘆我的命運，
明知一切都是徒然？
然而這苦是如此甜，
這刺如此軟，
以致它們既傷害了我，
又同時愉悅了我的心。
我輕輕握著她的手，
含情脈脈地垂下目光，
以熱情的靜默，
傳達我的愛意。

If Love's a Sweet Passion

If love's a sweet passion,
why does it torment?
If a bitter, oh tell me,
whence comes my content?
Since I suffer with pleasure,
why should I complain,
or grieve at my fate,
when I know 'tis in vain?
Yet so pleasing the pain is,
so soft is the dart,
that at once it both wounds me,
and tickles my heart.
I press her hand gently,
look languishing down,
and by passionate silence,
I make my love known.

但，我多幸福啊，因為
她是如此的體恤，
故意失誤讓我
發現她的愛，
努力想要掩飾，卻反而
洩露出她所有的熱情，
我們的眼睛互訴著
彼此不敢說出的東西。

But oh! I'm blessed when
so kind she does prove,
by some willing mistake
to discover her love.
When in striving to hide,
she reveals all her flame,
and our eyes tell each other,
what neither dares name.

病源

我想要親密地看你
不讓你知道我的眼裡只有你，
不要有因旁人存在而設的
不自覺的障礙。
我想要成為你的偷窺狂——
你每日祕密的持有者——
且希望這是你在我身上造成的
唯一的病。

Breeder

I want to watch you intimately
without you knowing my eyes see only you,
without the unconscious barriers we build
in the presence of people.
I want to be your voyeur—
the holder of your daily secrets—
and hope that it is the only sickness
you breed in me.

譯者說／

　　無名氏不是一個人的名字，但他大概是古往今來最突出、最常出現、壽命最長的一個作者。每一個時代，每一個地域，都有許多作者不明、創作年代不明的詩作；它們的作者並非是姓「無」，名「名氏」的同一位。但這些佚名的詩作，質樸、鮮活地呈現了人類共同的情感：愛的渴望，猜疑，嫉妒……，不因時空、語言的變遷而有所褪色。就此意義而言，無名氏其實是人類共同的名字。

　　此處選譯的第一首無名氏作品〈西風〉，大約產生於十六世紀，是英國文學史上的名作。短短四行，生動地表現了一個倦遊在外的旅人，對家、對所愛的人的渴望。西風在英國出現時是春天，所以我們可以在前兩行詩中，嗅到他對春雨、對春天氣息的憧憬。而後面兩行更進一步地揭露出最令人心動的春色：兩個相愛的男女共處一床。基督啊，天啊，這是何等美妙的事啊！

　　第二首〈四月在我情人臉上〉，簡潔地使用一年的四個月份，來刻劃一位外暖內冷的酷情人：她的臉是和煦的 4 月，她的眼睛是燦爛的 7 月，她的胸部是豐滿的秋天 9 月，但她的心是 12 月寒冬！英國十六世紀名作曲家摩利（Thomas Morley, 1557-1602），曾於 1594 年將之譜成四聲部的情歌（madrigal），至今仍廣為傳唱。

　　第三首〈晨歌〉也是十六世紀無名氏的作品，但常被誤指為詩人鄧恩（John Donne）之作（鄧恩的確寫了題材相似的一首〈破曉〉，我們在這本書中也翻譯了）。此詩非常可愛，男的看到天亮，女的說不要走，不要起床，還沒破曉，是我的心破裂，因為你一起床，離我而去，我和你的溫存，我的喜悅，我的快感就會夭折了。《詩經》「齊風」裡有一首〈雞鳴〉，和這首英詩情境正好相反：女的聽到雞鳴，趕緊叫男的起床上朝，男的卻賴床推說不是雞叫，而是蒼蠅之聲（「雞既鳴矣，朝既盈矣；匪雞則鳴，蒼蠅之聲」）。難道西方東方男女對情愛對床笫的眷戀有別？

第四首〈情歌〉（又名 "My Love in Her Attire"）最初出現在 1602 年出版的一本名叫《狂想詩》（A Poetical Rhapsody）的選集裡，想來是十七世紀初或十六世紀的作品。詩中的說話者說他的愛人很會打扮，很會穿衣服，但他覺得她最美的穿著是當她一絲不掛時。此詩曾被多位作曲家譜成曲，包括美國的 Frederic Ayres（1876-1926），英國的 William Walton（1902-1983），瑞士的 Jürg Wyttenbach（1935- ）等。

第五首〈她一絲不掛躺臥床上〉是十七世紀異色之作。全詩寫一個夢境：詩中人夢見一裸身而臥的女子向他召喚，要他共享魚水之歡；他狂喜忘形，撲身擁抱，驚醒，才知是一場春夢。整首詩花了五分之四的篇幅仔細描寫女子的身體（從眼，到唇，到臉頰，到肩膀，到乳房，到腿股和小腹，到膝蓋），讀者彷彿在詩人的導引之下瀏覽了人體之美。詩中敘述直接大膽，意象樸拙，用詞充滿情慾色彩，讀來令人臉紅心跳，又不禁莞爾。

第六首〈如果愛是甜蜜的熱情〉選自英國作曲家普塞爾（Henry Purcell, 1659-1695）的戲劇音樂《仙后》（The Fairy Queen）。劇本據莎士比亞《仲夏夜之夢》改寫成，但不確知作者為誰。此詩以多組似非而是的修辭法（譬如「被快樂所纏」，「苦是如此甜」，「刺如此軟」），精準生動地道出戀愛中人矛盾、不安、衝突的複雜情緒。「她是如此的體恤，／故意失誤讓我／發現她的愛……」這幾行詩句，讀之尤令人莞爾。愛情讓人既苦且樂、時冷時熱的幽微本質真是古今如一啊！

第七首〈病源〉是一首刊布於網路上的無名氏作品。就內容和形式看，顯然是較近代之作，說不定是從他國文字轉成英語者。愛情的併發症古來以相思、失眠、夢囈、嫉妒等為顯著，「偷窺」一症似乎晚近始流行。

斯賓塞 (1552-1599)

我的愛人像冰，而我像火

我的愛人像冰，而我像火；
那麼，為什麼她的嚴寒冰冷
不被我熾熱的慾望所熔化，
我越是哀求，她越是堅硬？
為何會這樣，我高度的熱情
未因她冰冷的心腸而降溫，
反倒熱汗滾滾，越燒越有勁，
而且覺得火焰成倍數激增？
還有什麼比這更神奇的事證：
熔化一切的烈火竟使冰更堅，
而靠無知覺的寒氣凍結的冰，
竟以此高妙的設計將火點燃？
　　高尚靈魂蘊藏的愛如此強有力，
　　足以改變萬事萬物運行的軌跡。

Edmund Spenser (1552-1599)

My Love Is Like to Ice, and I to Fire

My love is like to ice, and I to fire:
How comes it then that this her cold so great
Is not dissolved through my so hot desire,
But harder grows the more I her entreat?
Or how comes it that my exceeding heat
Is not allayed by her heart-frozen cold,
But that I burn much more in boiling sweat,
And feel my flames augmented manifold?
What more miraculous thing may be told,
That fire, which all things melts, should harden ice,
And ice, which is congeal'd with senseless cold,
Should kindle fire by wonderful device?
   Such is the power of love in gentle mind,
   That it can alter all the course of kind.

有一天，我把她的名字寫在沙灘上

有一天，我把她的名字寫在沙灘上，
但海浪來了，把那個名字沖掉；
我用另一隻手把它再寫一遍，
但潮水來了，吞噬掉我的辛勞。
「虛浮的人，」她說，「你這樣做無效，
妄想使凡俗的事物永垂不朽；
因為我自身就會像這樣毀消，
而我的名字也難逃抹滅之手。」
「不，」我說，「讓低賤的東西自求
回歸塵土之道，但你將因美名而存活：
我的詩將使你稀罕的美德長留，
並將你燦爛的名字書寫於天國，
　　死亡將征服這個世界，但在那裡，
　　我們的愛將存活，並在來生永續。」

One Day I Wrote Her Name upon the Strand

One day I wrote her name upon the strand,
But came the waves and washed it away:
Again I wrote it with a second hand,
But came the tide, and made my pains his prey.
"Vain man," said she, "that dost in vain assay,
A mortal thing so to immortalize;
For I myself shall like to this decay,
And eke my name be wiped out likewise."
"Not so," quoth I, "let baser things devise
To die in dust, but you shall live by fame:
My verse your virtues rare shall eternize,
And in the heavens write your glorious name,
    Where, whenas death shall the world subdue,
    Our love shall live, and later life renew."

斯賓塞（Edmund Spenser, 1552-1599），是十六世紀最重要的英國詩人，和莎士比亞齊名。斯賓塞雖然出身清寒，但自幼就讀的學校對他英文能力的養成功不可沒，大學時期修習的拉丁文學，以及法文和義大利文的作品閱讀，也對他日後的創作具有啟迪之功。斯賓塞不但承繼英國的詩歌傳統，也不忘向文藝復興時期法、義作家汲取文學養分，為英國詩歌開創新局，在文學史上扮演著承先啟後的角色。他的想像力豐沛，文字功力純熟，擅長使用意象，也極注重詩歌的音樂性，無怪乎蘭姆（Charles Lamb）稱許他為「詩人中的詩人」。

斯賓塞在元配去世後，於 1592 年開始追求依莉沙白・包愛爾（Elizabeth Boyle），兩人於 1594 年結婚。在追求包愛爾期間，斯賓塞以其自創的詩型寫成八十八首情詩，並於 1595 年出版詩集《愛情小詩》（Amoretti）。詩集中每一首詩皆為十四行，由三個四行體（quatrain），外加詩末一個兩行體（couplet）構成，其韻腳模式為 abab bcbc cdcd ee（亦即前三詩節「交韻」，最後一節「同韻」）。這樣的詩形式嚴謹，韻腳互相交錯又環環相扣，後人稱之為「斯賓塞體」。

十四行詩（Sonnet）起源於十三世紀的義大利，至十四世紀由佩脫拉克（Petrach）發揚光大，而有所謂的「佩脫拉克體」：由兩個四行體和兩個三行體（tercet）構成，其韻腳模式為 abba bccb ded ede。十六世紀，十四行詩經薩瑞伯爵（Henry Howard Surrey）移植到英國，在形式上有了一些變化，形成了所謂的「英國體十四行詩」。後因莎士比亞的純熟運用，將此一詩體的發展帶至顛峰，乃有了所謂的「莎士比亞體」：和「斯賓塞體」一樣，由三個四行體和一個兩行體構成，但韻腳模式為 abab cdcd efef gg。

此處譯的〈我的愛人像冰，而我像火〉和〈有一天，我把她的名字寫在沙灘上〉，是選自《愛情小詩》的兩首「斯賓塞體」名作。〈我的愛

人像冰,而我像火〉以冰和火這兩種性質相反的事物點描出愛情的獨特本質。依常理,冰遇火會融化成水,而火遇冰則烈焰熄滅,但是在求愛的過程中,自然法則似乎變了樣:熱情如火的追求者怎麼也融化不了冷若冰霜的愛人,而愛人的反應冰冷,反倒使追求者如火的愛意更加熾熱。愛情的元素改寫了自然定律。

　　在〈有一天,我把她的名字寫在沙灘上〉一詩,詩人仍運用對比的技巧,提出愛情的辯證。寫在沙上的名字和寫在詩作中的名字,有著截然不同的結果:前者旋即被海浪沖走,後者則將永垂不朽。詩人無疑相信文學是可以跨越生命之侷限,永續存留的。讀者不妨將這首詩和莎士比亞的第18 首十四行詩做一對照,雖然意象、手法不同,但對愛情和文學的信念有相通之處。

勾吉士 （1557-1625）

她的臉

她的臉	她的舌	她的才智
如此美	如此甜	如此敏捷
先吸引了	接著誘了	接著撞了
我的眼	我的耳	我的心
我的眼	我的耳	我的心
帶頭	教導著	動了念
要喜歡	要知曉	要疼愛
她的臉	她的舌	她的才智
她的臉	她的舌	她的才智
光燦燦	出聲音	以巧藝
遮蔽了	迷惑了	織補了
我的眼	我的耳	我的心

Arthur Gorges (1557-1625)

Her Face

Her face	Her tongue	Her wit
so fair	so sweet	so sharp
first bent	then drew	then hit
mine eye	mine ear	my heart

Mine eye	Mine ear	My heart
to like	to learn	to love
her face	her tongue	her wit
doth lead	doth teach	doth move

Her face	Her tongue	Her wit
with beams	with sound	with art
doth blind	doth charm	doth knit
mine eye	mine ear	my heart

我的眼　　　　我的耳　　　　我的心
被她的臉　　　被她的舌　　　被她的才智
灌滿了　　　　注滿了　　　　裝滿了
生命　　　　　希望　　　　　妙技

噢，臉　　　　噢，舌　　　　噢，才智
別皺眉頭　　　別鼓臉頰　　　別用刺痛
虐待　　　　　苦惱　　　　　傷害
我的眼　　　　我的耳　　　　我的心

此眼　　　　　此耳　　　　　此心
當欣喜　　　　當臣服　　　　當宣誓
侍奉　　　　　信賴　　　　　敬畏
她的臉　　　　她的舌　　　　她的才智

Mine eye	Mine ear	My heart
with life	with hope	with skill
her face	her tongue	her wit
doth feed	doth feast	doth fill
O face	O tongue	O wit
with frowns	with cheeks	with smart
wrong not	vex not	wound not
mine eye	mine ear	my heart
This eye	This ear	This heart
shall joy	shall yield	shall swear
her face	her tongue	her wit
to serve	to trust	to fear.

疲憊的夜

我最甜美的密友幾乎絲毫不知
我躁動的思緒經歷何其疲憊的夜
當其他人都懷抱著睡意,緊閉
醒著的雙眼好終止他們的憂慮。
多少次,我靜靜躺在床上
想她讓我在夜裡不得安寧,
而多少次我深深嘆息,對
自己吐出這些顫抖的話語:
「我慾望所向的你這尊貴的玉體啊,
無論寄身何處,請領受你愉悅的歇息,
而為了他,為了向你立誓的那人,
請在那胸間存放一二對我的思念。」
　有時候,說著這些話我沉沉睡去,
　並且在甜蜜的夢中擁抱著那玉體。

Weary Nights

Full little knows my dear and sweetest friend
What weary nights my restless fancy tries
When all men else to give their cares an end
With slumbering hearts close up their waking eyes.
How oft have I laid in my quiet bed
To think on her forborn my nightly ease,
And to myself how often have I said
With deep-fot sighs such trembling words as these:
"Ye stately limbs whom my desires pursue,
Whereso ye lodge, receive your happy rest,
And for his sake that vows himself to you,
Harbour one thought of me within that breast."
    Speaking such words sometimes asleep I fall,
    And in sweet dreams embrace those limbs withal.

fot fetched

譯者說／

　　勾吉士（Arthur Gorges, 1557-1625），英國詩人，朝臣，翻譯家。他早年的名氣來自他的妻子Daphne，因為勾吉士的好友斯賓塞曾在 "Colin Clout's Come Home Again" 一詩提到她，並且曾經為早逝的她（十九歲即去世）寫下輓歌 "Daphnaida"。做為一個詩人，勾吉士的原稿遲至1940年才為人所發現，並由大英博物館收藏。這份原稿題為《勾吉士年少虛榮集》（The Vanytyes of Sir Arthur Gorges Youthe）或《勾吉士年少虛榮戲作集》（Arthur Gorges His Vannetyes and Toyes of Youth），主要內容是一百首詩作，其中有些作品可能早在1584年就寫成，有些則遲至1614年。借用他人的詩句融入詩作加以轉化（譬如他曾經在詩中引用斯賓塞《仙后》中的詩句），是勾吉士的寫作技巧之一，這和後現代作品的拼貼、挪用手法似乎有異曲同工之處。

　　〈她的臉〉是一首詩行排列十分獨特的圖象詩，是英國詩歌史上非常有趣的一個詩例，比起十七世紀玄學派詩人赫伯特（George Herbert, 1593-1633）排列成圖案狀的名作〈聖壇〉（The Altar）和〈復活節之翼〉（Easter-Wings）等還要早出現。整首詩成三欄並列，每四行為一單元（共計十八個區塊），每一行的詞性、句法對稱。讀者可以由上往下讀，先讀完第一欄，再讀第二、第三欄，也可以由左往右讀，以四行為一單位，依序閱讀。當然，你若想要反其道而行，由下向上讀或由右往左讀，也未嘗不可。讀此詩彷彿進入設計嚴整的方形景點，讀者可隨興之所至，橫著走，或直著走，向左走，或向右走，漫步其間，你不難在對稱的建構體之間找到呼應的樂趣。

　　此詩歌讚愛人秀外慧中——美好的臉龐，甜美的聲音，和聰慧的才智，而詩中人「我」用眼睛欣賞，用耳朵傾聽，用心領會。她的臉、她的舌、她的才智「吸引、誘惑、撞擊」，進而「遮蔽、迷惑、織補」我的眼、我的耳、我的心，於是我的眼、我的耳、我的心獲得「生命、希望、妙計」，

進而「欣然侍奉、臣服信賴、宣誓敬畏」她的臉、她的舌、她的才智。

　　原詩的奇數節都以「她的臉，她的舌，她的才智」開始，而以「我的眼，我的耳，我的心」結束；在偶數節，則以「我的眼，我的耳，我的心」開始，而在第三行出現「她的臉，她的舌，她的才智」（雖然在最後兩節，詩人將用字和敘述語氣略作變化，但大體仍維持此一原則）。「她的臉，她的舌，她的才智」和「我的眼，我的耳，我的心」如是在詩中交錯、穿梭進行，全詩就以這樣的詩型不斷迴旋開展，讀來讓人覺得詩中人果真是掉入了愛的漩渦，不可自拔。

　　美籍華裔作曲家 Thomas Oboe Lee（1945-）曾將勾吉士此詩譜成曲，收於其歌曲集《情歌》（Love Songs, 1998）中（此集亦譜了狄瑾蓀的〈愛情——你很高〉），可見勾吉士雖然不是文學史上顯赫的名字，但在今日依然有知音。

　　1954 年，Helen Estabrook Sandison 將勾吉士的詩作整理成冊出版（The Poems of Sir Arthur Gorges），〈疲憊的夜〉即是其中另一佳作。這首詩描寫詩中人因自己的情意不被意中人所重，而輾轉反側，終夜難眠。但有趣的是，有時卻因疲憊，在喃喃自語中入睡，竟得以在夢中擁抱伊人玉體。詩人以濃郁的文字風格，呈現詩中人內心的殷切渴盼，讀來憂傷中帶有甜美，渲染力頗為強烈。

杜雷頓 （1563-1631）

一切只有不和我，以及哦和不？

一切只有不和我，以及哦和不？
你的回答怎麼會變得這麼奇特？
我告訴你，愛人，我不要被如此回覆，
用這肯定的不，否定的哦／我。
我說，我愛，你淡然地回答哦；
我說，你愛，你低聲吐出一個不；
我說，我死了，你回聲般說哦；
救我，我哭叫，你嘆息著說不。
悲傷和我，難道只有不和哦／我？
不，我是我，如果我不能有更多；
不要再回答，以沉默回應吧，
讓我自己取得我深切想望的。

　　讓不和哦，如是與我和你一致；
　　然後回答不和我，以及哦和不。

Michael Drayton (1563-1631)

Nothing but No and I, and I and No?

Nothing but No and I, and I and No?
How falls it out so strangely you reply?
I tell ye, Fair, I'll not be answered so,
With this affirming No, denying I.
I say, I Love, you slightly answer I;
I say, You Love, you pule me out a No;
I say, I die, you echo me an I;
Save me, I cry, you sigh me out a No;
Must Woe and I have nought but No and I?
No, I am I, If I no more can have;
Answer no more, with silence make reply,
And let me take my self what I do crave;
   Let No and I, with I and you be so;
   Then answer No, and I, and I, and No.

既然沒有辦法了，就讓我們吻別

既然沒有辦法了，就讓我們吻別，
不，我已結束，你不能再榨取我，
我很高興，是的，滿心喜悅
我得以因此完全獲得解脫；
永遠握手就好，取消一切誓言，
無論我們什麼時候再相逢，
但願不要在彼此的眉宇間
看見一點點殘存的舊戀情。
如今當愛情只剩最後一息在苟延，
當脈搏漸弱，熱情無言地臥躺，
當信念跪在他壽終正寢的床邊，
而純真即將緊緊把他的眼睛闔上，
　　如你願意，當一切都棄他而去，
　　你仍然可以使他復活於死地。

Since There's No Help, Come Let Us Kiss and Part

Since there's no help, come let us kiss and part;

Nay, I have done, you get no more of me,

And I am glad, yea glad with all my heart

That thus so cleanly I can free;

Shake hands forever, cancel all our vows,

And when we meet at any time again,

Be it not seen in either of our brows

That we one jot of former love retain.

Now at the last gasp of Love's latest breath,

When, his pulse failing, Passion speechless lies,

When Faith is kneeling by his bed of death,

And Innocence is closing up his eyes,

    Now if thou wouldst, when all have given him over,

    From death to life thou mightst him yet recover.

杜雷頓（Michael Drayton, 1563-1631），英國詩人和劇作家。他早年為爵士的侍童，接受貴族教育，十歲時即開始詩的創作，嘗試寫各種詩體的詩。他的詩風順應時代潮流，在他不同時期的詩作，讀者可以看到不同詩人的影響，如喬叟（Chaucer）、斯賓塞和西德尼（Sidney）。他坦言：「我的謬斯具有英國人的氣質，無法長久迎合一種時尚。」

1594 年，他的詩集《艾迪亞的鏡子》（Idea's Mirror）出版，收五十一首十四行詩，歷經多次增刪，1619 年最後的定本中共有六十三首。詩體有些採「佩脫拉克體」，有些採「莎士比亞體」，有些兩者都不是；內容多指涉愛情，其中不乏個人情感投射之作。〈既然沒有辦法了，就讓我們吻別〉是其中第六十一首，詩人羅塞蒂（Rossetti）將之譽為「幾乎是最好的一首英詩」。這首詩寫與愛人分手後的情緒變化。在詩的前半段，我們看到的不是離別的哀怨，反倒是解脫的歡喜，以為這會是一首具有現代感的古典情詩，但在第八到十二行，詩人卻一反前面豁達、灑脫的語調，以擬人化手法，描寫愛情臨終的悽涼情景：熱情靜默無語，而信念陪侍在側。原來前段只是故作鎮定、強顏歡笑，後段的哀戚才是內心真實情感的流露——前後段語調的對比正是此詩張力之所在。在最後兩行，詩人終於卸下高姿態的武裝，對即將離去的愛人提出謙卑的復合請求：只有你可以讓瀕臨死亡的愛情起死回生。這首「一波三折」的情詩呈現人們身處愛情之中多變的心靈面貌。

〈一切只有不和我，以及哦和不？〉是《艾迪亞的鏡子》中的第五首。這首十四行詩是英詩史上特異之作，稱得上是一首謎語詩。詩中的「no」和「I」，像是音樂中反覆出現的動機，也是解開謎底的關鍵。在解謎的過程中，最大的難題在於：在英文裡，I（我）和 aye（= yes；是的，好的）為同音異義字，然而詩中多次出現的「I」究竟何時意指「我」，何時意指「是的」，詩人並未言明，只有留待讀者去推敲了。在前四行，詩人說他

不要「肯定的 no」和「否定的 I」這樣的回答。「肯定的 no」或許指的是斬釘截鐵的全盤拒絕或否定;而「否定的 I」(在此解作「否定的『是』」,也暗示「否定『我』」)或許指的是表裡不一、口是心非或不以為然的附和或應允。在第五到第八行,詩人以實例說明為什麼他不要這樣的回答:他不要她在他表明愛意時,淡然以「是哦」回應;他不要她在他示意要她愛他時,吐出一個「不」字;他不要她在他說他要死了時,虛應地說「哦」;他不要她在他哭喊著要她救他時,嘆口氣說「不行」。在第九到第十二行,詩人說如果他不能因為她而擁有更多,那麼他也不要她的任何回答,讓他自己尋求化解之方。在最後兩行,詩人態度逆轉,樂觀解讀「不」和「我/哦」之意,願意接受愛人以往的行事作風。由第一行的充滿抗拒或抗議的問句,到最後一行充滿接納和理解的祈使肯定句,這樣的轉折展現出詩人在掙扎、抱怨過後,對愛情似乎有了新的詮釋:也許「no」和「I」(或「aye」)正是兩人迥異性格的寫照,兩者的本質雖然互相衝突、矛盾,卻是不可分離的一體之兩面。這種豁達、寬闊的愛情觀應該也適用於成千上萬為愛所苦的現代讀者吧!

　　杜雷頓還有一部作品值得一提:《多福集》(*Poly-Olbion*)。這是一本篇幅巨大(有一萬五千行),一郡一郡描繪英格蘭的地誌與歷史詩集,體制獨特,極具野心,雖然不免冗長。

莎士比亞 (1564-1616)

十四行詩第 18 首

我該把你比擬做夏天嗎？
你比夏天更可愛，更溫婉：
狂風會把五月的嬌蕊吹落，
夏天出租的期限又太短暫：
有時天上的眼睛照得太熱，
他金色的面容常常變陰暗；
一切美的事物總不免凋敗，
被機緣或自然的代謝摧殘：
但你永恆的夏天不會褪色，
不會失去你所擁有的美善，
死神也不能誇說你徘徊其陰影，
當你隨永恆詩行與時間同久長：
　　只要人們能呼吸或眼睛看得清，
　　此詩將永存，並且給予你生命。

William Shakespeare (1564-1616)

Sonnet 18

Shall I compare thee to a summer's day?

Thou art more lovely and more temperate:

Rough winds do shake the darling buds of May,

And summer's lease hath all too short a date:

Sometime too hot the eye of heaven shines,

And often is his gold complexion dimm'd;

And every fair from fair sometime declines,

By chance, or nature's changing course untrimm'd;

But thy eternal summer shall not fade,

Nor lose possession of that fair thou ow'st,

Nor shall death brag thou wander'st in his shade,

When in eternal lines to time thou grow'st:

    So long as men can breathe, or eyes can see,

    So long lives this, and this gives life to thee.

十四行詩第 71 首

當我死時不要再為我悲哀，
當你聽到陰鬱沉重的鐘聲響起，
向世人通告說我已經離開
這濁世去和最穢濁的蟲蛆同棲：
不，如果你讀到此詩，不要回想
書寫它的手，因為我愛你至深，
情願被你甜蜜的思緒遺忘，
如果想起我使你悲傷頓生。
噢，我說，如果你看到這詩，
那時我或已和泥土混為一團，
請你連我可憐的名字都不要提，
就讓你的愛隨著我的生命消散；
　　免得精明的世人看透你傷心處，
　　讓你在我死後跟著我一同受辱。

Sonnet 71

No longer mourn for me when I am dead
Than you shall hear the surly sullen bell
Give warning to the world that I am fled
From this vile world with vilest worms to dwell:
Nay, if you read this line, remember not
The hand that writ it, for I love you so,
That I in your sweet thoughts would be forgot,
If thinking on me then should make you woe.
O! if, I say, you look upon this verse,
When I perhaps compounded am with clay,
Do not so much as my poor name rehearse;
But let your love even with my life decay;
　　Lest the wise world should look into your moan,
　　And mock you with me after I am gone.

十四行詩第 73 首

在我身上你可看到那樣的景致，
黃葉或盡落，或孤零三兩片
懸掛於寒風中顫抖的樹枝——
荒廢的唱壇，鳥兒們不再歡唱。
在我身上你可看到這樣的黃昏，
日落西方，餘暉逐漸消匿，
很快，黑夜那死亡的化身，
會將它席捲而去，讓一切安息。
在我身上你可看到這樣的火光，
一閃一閃枕著其青春的灰燼，
像躺在終將斷魂的臨終之床，
被原先滋養它的東西所耗盡。
　　明乎此，你會愛得更堅貞，
　　會珍愛那你旋將永別的人。

Sonnet 73

That time of year thou mayst in me behold
When yellow leaves, or none, or few, do hang
Upon those boughs which shake against the cold,
Bare ruin'd choirs, where late the sweet birds sang.
In me thou see'st the twilight of such day
As after sunset fadeth in the west,
Which by and by black night doth take away,
Death's second self, that seals up all in rest.
In me thou see'st the glowing of such fire
That on the ashes of his youth doth lie,
As the death-bed whereon it must expire,
Consum'd with that which it was nourish'd by.
　This thou perceive'st, which makes thy love more strong,
　To love that well which thou must leave ere long.

十四行詩第 129 首

色慾的滿足就是把精力浪費於可恥的
放縱裡；在未滿足之前，色慾乃
狡詐的，充滿殺機的，嗜血，罪惡，
野蠻，極端，粗暴，殘忍，不可信賴；
剛剛享受過，立刻就覺得可鄙；
不顧理性地獵取；一旦得到，卻是
不顧理性地憎恨，像入肚釣餌，故意
為引發上鉤者瘋狂而佈置——
瘋狂於追求，也瘋狂於佔有；
佔有後，佔有中，佔有前，皆極端；
行動時是天大幸福；行動完，憂傷。
事前，歡樂懸腦中；事後，夢一般。
　　這一切世人皆知；但無人知道怎樣
　　避開這個把人類引向地獄的天堂。

Sonnet 129

The expense of spirit in a waste of shame

Is lust in action, and till action, lust

Is perjur'd, murderous, bloody full of blame,

Savage, extreme, rude, cruel, not to trust;

Enjoy'd no sooner but despised straight;

Past reason hunted; and no sooner had,

Past reason hated, as a swallowed bait

On purpose laid to make the taker mad.—

Mad in pursuit, and in possession so;

Had, having, and in quest to have, extreme;

A bliss in proof; and prov'd, a very woe,

Before, a joy propos'd; behind, a dream.

    All this the world well knows; yet none knows well

    To shun the heaven that leads men to this hell.

十四行詩第 130 首

我情人的眼睛一點也不像太陽；
珊瑚都比她的嘴唇要紅得多：
如果雪是白的，她的乳房就是黑的；
如果髮如絲，她頭上長的是黑鐵絲：
我見過紅白相間的玫瑰，又紅又白，
但在她的雙頰我看不到這樣的玫瑰；
有些香水散發的香味，要比
我的情人吐出的氣息叫人沉醉：
我愛聽她說話，但是我很清楚
音樂的悅耳遠勝過她的聲音；
我承認我沒見過女神走路──
我的情人走路時腳踏在地上。

　　但是天啊，我覺得我的愛人之美
　　不下於任何被亂比一通的女性。

Sonnet 130

My mistress' eyes are nothing like the sun;
Coral is far more red than her lips' red;
If snow be white, why then her breasts are dun;
If hairs be wires, black wires grow on her head.
I have seen roses damask'd, red and white,
But no such roses see I in her cheeks;
And in some perfumes is there more delight
Than in the breath that from my mistress reeks.
I love to hear her speak, yet well I know
That music hath a far more pleasing sound;
I grant I never saw a goddess go;
My mistress, when she walks, treads on the ground:
    And yet, by heaven, I think my love as rare
    As any she belied with false compare.

噢我的情人

噢我的情人，你要遊蕩去哪裡？
噢，停下聽聽，你的真愛來了哩，
他會唱高尚也會唱俚俗的歌謠。
可愛的甜心，不要再往前走；
戀人們相會即是旅程的盡頭，
每個聰明人的兒子都明瞭。

什麼是愛？愛不在將來；
當下玩樂就是當下暢快；
未來之事沒有人能確定。
想要豐收，就不能耽擱；
雙十美姑娘，快來吻我，
青春這東西不能永恆。

O Mistress Mine

O mistress mine, where are you roaming?
O, stay and hear; your true love's coming,
That can sing both high and low.
Trip no further, pretty sweeting;
Journeys end in lovers meeting,
Every wise man's son doth know.

What is love? 'tis not hereafter;
Present mirth hath present laughter;
What's to come is still unsure.
In delay there lies no plenty;
Then come kiss me, sweet and twenty,
Youth's a stuff will not endure.

那是一個情人和他的姑娘

那是一個情人和他的姑娘，
唱著嘿，嗬，嘿，噥呢噥，
一起走過青青的小麥田。
在春天，最好的結婚時間，
鳥兒們歌唱，嘿叮啊叮叮，
可愛的情人們喜愛春天。

在麥田和麥田的中間地帶，
唱著嘿，嗬，嘿，噥呢噥，
這些漂亮的鄉人躺下做愛，
　　在春天……

他們那時開始把這歌兒唱，
唱著嘿，嗬，嘿，噥呢噥，
說人生只不過像花一樣。
　　在春天……

所以要享受眼前的時光，
唱著嘿，嗬，嘿，噥呢噥，
因為愛情在春天最輝煌。
　　在春天……

It Was a Lover and His Lass

It was a lover and his lass,
With a hey, and a ho, and a hey nonino,
That o'er the green cornfield did pass.
In spring time, the only pretty ring time,
When birds do sing, hey ding a ding, ding,
Sweet lovers love the spring.

Between the acres of the rye,
With a hey, and a ho, and a hey nonino,
These pretty country folks would lie.
    In spring time, etc.

This carol they began that hour,
With a hey, and a ho, and a hey nonino,
How that a life was but a flower.
    In spring time, etc.

And therefore take the present time
With a hey, and a ho, and a hey nonino,
For love is crowned with the prime.
    In spring time, etc.

譯者說／

　　莎士比亞（William Shakespeare, 1564-1616），英國最著名的詩人、劇作家。除了三十七部劇本外，寫有一百五十四首十四行詩，其中大多數是情詩。這些詩有寫給異性戀人的，也有寫給同性友人或愛慕對象的——據說是一位貴族青年。不管是異性戀、同性戀或友情，人間一切美好事物最大的敵人即是時間或死亡。如何對抗或克服時間的威脅，超越死亡，於是成為人生——乃至於莎士比亞十四行詩——的重要主題。中國人所謂的三不朽，立言是其一，莎士比亞也深信文字的力量，認為他的詩將不朽，在他死後繼續發揮效力。此處所譯的前兩首詩皆觸及此一主題，然而趣味卻大不同。

　　在第 18 首十四行詩裡，莎士比亞認為用象徵熱情、美景的「夏天」不足以描述他愛人的美好形象，因為它多變無常且無法逃脫自然遞嬗的法則。唯有他的詩作才能給予戀人「永恆的夏天」，賦予愛情永恆的生命，以對抗死亡。此時的詩人是神采飛揚的，企圖向世人宣揚他對愛情以及文學的信念，結尾的幾行鏗鏘有力，是幾百年來一再被吟誦的名句。而在第 71 首十四行詩裡，我們看到的卻是對愛情（或許隱含同性之愛）充滿無奈憂慮、對文學存有些許疑懼的詩人。他希望他深愛的人在他死後不要提起他的名字，唯恐兩人的不尋常關係會因此不經意洩露，讓世人以庸俗的價值觀去評斷或曲解他倆的情愛，而平白蒙受屈辱（「免得精明的世人看透你傷心處，／讓你在我死後跟著我一同受辱」）。雖仍相信文字的力量（諷刺的是，還包括其殺傷力），但此刻的他溫柔自苦地讓愛情的價值凌駕文學之上，因為愛得真切，他願意做個被世人遺忘名姓的詩人。和前首詩相比，這首詩裡的複雜的情愫更令人玩味。

　　同樣是相信文字的不朽，同樣是「4 行 +4 行 +4 行 +2 行」的結構：一首詩堅信能使所愛的人流芳萬古，另一首卻深怕累及所愛，讓其蒙羞萬年，其中境遇看似衝突，其實是有情但能力有限的人類捍衛愛情的不

同方式。

　　第 73 首十四行詩亦是名作，以樹葉凋落殆盡的秋日、日薄西山的黃昏、行將熄滅的火光此三生命之景，召喚所愛之人「珍愛那你旋將永別的人」。第 129 首十四行詩，可以說是驚人之作，以有限的十四行篇幅中，把「性愛」如此龐大之題材，維妙維肖、深刻生動、淋漓盡致地表現出來。凡為人者，讀後皆驚心，動心，會心，小心。難怪十九世紀英國批評家瓦茨鄧頓（Theodore Watts-Dunton）稱它是「世界最偉大的」一首詩。第 130 首十四行詩是莎士比亞對其「黑情人」（the Dark Lady）的歌讚，一掃古典詩「明眸皓齒金髮紅唇」之類對戀人陳腔濫調的比喻，令人耳目一新，實在是很現代、很顛覆的妙作。

　　最後兩首是從莎士比亞戲劇裡選出的情歌。〈噢我的情人〉出自《第十二夜》（The Twelfth Night）第二幕第三景，是當時流行的歌謠，在伊麗莎白時代許多歌本裡都可以找到，但專家仍推定是莎士比亞之作，似是莎士比亞採舊歌改寫而成。此曲流傳至今，作曲者是莎士比亞的鄰居，有名的摩利（Thomas Morley），可以在許多 CD 上聽到。〈那是一個情人和他的姑娘〉出自《如願》（As You Like It）第五幕第三景，歌「及時行樂」，讚青春之美好，在當時亦大受歡迎。1599 年，摩利在《如願》一劇首演幾個月後即出版了他所譜之曲，迭經演唱，迄今不衰。

　　四百多年來，除摩利外，不斷有作曲家將莎士比亞這兩首歌譜成曲，傑出者如奎爾特（Roger Quilter, 1877-1953），瓦洛克（Peter Warlock, 1894-1930），芬奇（Gerald Finzi, 1901-1956），德玲（Madeleine Dring, 1923-1977），喬吉（Orbán György, 1947-）等，可以找到多種 CD 版本或從網路上聽到。另外莎士比亞第 18 首十四行詩也被多位作曲家譜過，其中瑞典籍林伯格（Nils Lindberg, 1933-）的無伴奏合唱版本頗令人喜愛，網路上可以聽到。

姜森 (1572-1637)

給西莉亞

只用你的眼睛與我對飲，
我將回你以我的目光；
或者留下一吻在我杯裡，
這樣我就不再求杜康。
自靈魂深處發作的渴因
盼得神妙的一飲快暢；
縱有天帝瓊漿於我何奇，
不願拿你的與它交換。

近日我送給你玫瑰花環，
與其說向你致敬問慰，
不如說給它尋一線希望：
在你那裡它不會枯萎；
但你只吹一口氣在上面，
就立刻遣人將它送回；
從此它散發出的，我敢講，
不是它，而是你的氣味！

Ben Jonson (1572-1637)

To Celia

Drink to me only with thine eyes,
And I will pledge with mine;
Or leave a kiss but in my cup,
And I'll not look for wine.
The thirst that from the soul doth rise
Doth ask a drink divine;
But might I of Jove's nectar sup,
I would not change for thine.

I sent thee late a rosy wreath,
Not so much honouring thee
As giving it a hope that there
It could not withered be;
But thou thereon didst only breathe,
And sent'st it back to me;
Since when it grows and smells, I swear,
Not of itself but thee!

　　姜森（Ben Johnson, 1572-1637），與莎士比亞同時代的傑出英國劇作家及詩人。除了抒情詩，他也為詹姆士一世的宮廷戲劇和歌舞劇創作劇本和歌曲。他不善理財，生活隨興，一生清苦，晚景淒涼。蘇格蘭作家卓德蒙（Drummond, 1585-1649）曾寫《班·姜森談話錄》，對他的個性有過一些負面的描述：「他極善於自己吹捧，輕蔑他人；他寧可失去一個朋友，也不願錯過一個取笑他人的機會。他猜忌旁人的一言一行（尤其在酒後，而酒對他是不可或缺的），掩飾自己內心的邪惡意念。他誇耀自己並不具有的優點，除了自己和少數朋友的作為之外，他一概不以為然。」然而，他的個性並無損於他在文壇的崇高地位，他死後葬於西敏寺，墓碑上題刻著：「啊稀世之才班姜森」（O RARE BEN JOHNSON）。

　　姜森雖曾在評論文章中自稱自己的詩作是沿用拉丁文學的傳統——羅馬詩人賀瑞斯（Horace）是他喜歡的作家，也是學習的對象——但他並不是一味地模仿，而是將之靈活運用，轉化成自己的詩風。他擅用譬喻，選用的意象平易近人，很能引起讀者共鳴；他詩中情感節制，濃烈而不放縱，值得玩味。他在一篇論寫作方法的散文中提到：好的作家對題材必須刻意經營，琢磨再三；一揮而就的作風是無法產生好作品的，即便自覺有敏捷文才，也要像給馬加馬勒一般自我克制，因為「好的筆調就好像樂器一樣，必須各部分配搭和諧」。如果說莎士比亞代表伊麗莎白時代絢麗的浪漫風格，那麼姜森則代表該時代節制的古典之美。

　　姜森的《短詩集》（Epigrammes）收錄有一百三十三首小品詩，詩作多取材自生活，簡潔可誦，風趣中帶有嘲諷；他的抒情詩集《森林集》（The Forest）收錄了許多他自覺滿意的頌歌和情詩，此處選譯的〈給西莉亞〉便是其中之一，也是眾所公認最動人的一首。此詩描述對西莉亞的愛慕之意：她的眼神令他沉醉，勝過美酒，甚至勝過天國的瓊漿玉露；她的氣息具有魔力，可使花朵永保芬芳不凋。這首詩雖然主題頗為常見，但用字、

音韻可圈可點。全詩共分兩節，每節八行，奇數行由八個音節構成，而偶數行則由六個音節構成，其韻腳模式為 abcb abcb efgf efgf，形式對稱、嚴整。我們的中譯力求能彰顯原詩音韻之美。

　　這首詩寫成於 1616 年，原題為〈歌：給西莉亞〉，自然早被譜成能歌之曲，至今仍廣為世界各地的歌者和合唱團所唱。此曲起源何處已不可考，但大約是在 1770 年左右或之後才出現。有一說是莫札特所作，但並無證據。另有說是梅利胥上校（Colonel Mellish）所作，但似乎不可能，因為咸信他於 1777 年才出生。英國作曲家奎爾特也曾改編此曲，收於其《三首古老英國民歌》中。有興趣的讀者可以在網路或 CD 上，找到此曲的不同演唱。

鄧恩 (1572-1631)

破曉

天真的亮了；這有何關係？
啊，你可會因此起身離去？
為何天亮了我們就得起床？
我們昨晚是因天黑才上床？
愛情，讓我們倆摸黑來此相聚，
即便天亮，我們也該相守不離。

光沒有舌頭，卻目光閃閃；
如果它能說話，也能細看，
這是它起碼會說出口的話：
既然很不錯，我樂於留下，
而我對我的心和貞操如此珍愛，
我不願和佔有它們的那人分開。

John Donne (1572-1631)

Break of Day

'Tis true, 'tis day; what though it be?
O, wilt thou therefore rise from me?
Why should we rise because 'tis light?
Did we lie down because 'twas night?
Love, which in spite of darkness brought us hither,
Should in despite of light keep us together.

Light hath no tongue, but is all eye;
If it could speak as well as spy,
This were the worst that it could say,
That being well I fain would stay,
And that I loved my heart and honour so
That I would not from him, that had them, go.

你有事，非得從這裡抽身？
啊這是愛情最嚴重的病症，
貧窮卑鄙虛假，愛情都可
容忍，但容不下忙碌之客。
有事要做又要做愛，真不應該，
就好比已婚的男人還四處求愛。

Must business thee from hence remove?

O, that's the worst disease of love,

The poor, the foul, the false, love can

Admit, but not the busied man.

He which hath business, and makes love, doth do

Such wrong, as when a married man doth woo.

葬禮

前來為我著壽衣的人啊，請勿碰傷
　　也不要追問
那套在我手臂上的細緻髮環；
這個謎團，這個符碼，你切勿碰觸，
　　因為那是我的外在靈魂。
是升天而去的靈魂留下的總督，
　　留下來代行視事，
使這些肢體，她的領地，不致分崩離析。

因為倘若從我的腦部出發，通達
　　各部位的經脈
能繫住那些部位並且使我合而為一，
那麼這些向上生長的毛髮，從更好的
　　頭腦獲得力量和技藝，
當能做得更好；除非她有意要我
　　藉此體驗我的痛苦
猶如被處死刑隨後被套上手銬的囚犯。

無論她所指為何，都請將之與我同葬，
　　因為我既然是

The Funeral

Whoever comes to shroud me, do not harm
   Nor question much
That subtle wreath of hair about mine arm;
The mystery, the sign you must not touch,
   For 'tis my outward soul,
Viceroy to that which, unto heav'n being gone,
   Will leave this to control
And keep these limbs, her provinces, from dissolution.

For if the sinewy thread my brain lets fall
   Through every part
Can tie those parts, and make me one of all;
Those hairs, which upward grew, and strength and art
   Have from a better brain,
Can better do 't: except she meant that I
   By this should know my pain,
As prisoners then are manacled, when they're condemn'd to die.

Whate'er she meant by 't, bury it with me,
   For since I am

愛的殉道者，這些遺物若落入他人之手，
也許會引發偶像崇拜；
　這稱得上是謙遜，
承認毛髮具有靈魂的功能，
　這同樣也算壯舉：
你既毫無救我之意，我遂將部分的你埋葬。

Love's martyr, it might breed idolatry

If into other hands these reliques came.

 As 'twas humility

T' afford to it all that a soul can do,

 So 'tis some bravery

That, since you would have none of me, I bury some of you.

愛的煉金術

有些比我更深掘愛之礦的人
說他的幸福核心就在其中；
我曾愛過，擁有過，也說過，
但即便我能愛到老，擁有到老，說到老，
我也找不到那隱藏的奧祕；
啊，一切全是騙局！
還沒有化學家能煉出仙丹，
然而他會大肆頌揚他鼓脹的罐子，
要是讓他碰巧矇到了
某種氣味刺鼻的玩意，或藥品；
同理，情人夢想飽滿恆久的歡娛，
得到的卻只是一個宛如冬日的夏夜。

為了這虛幻的泡影，我們要
賠上我們的安逸，成就，名望和歲月？
這就是愛的結局：我的僕人得到的
幸福和我的沒有兩樣，如果他能
忍受當新郎倌必經的短暫嘲弄？
那戀愛中的可憐蟲若發誓
他娶的不是肉體，而是心靈——

Love's Alchemy

Some that have deeper digg'd love's mine than I,

Say, where his centric happiness doth lie;

I have lov'd, and got, and told,

But should I love, get, tell, till I were old,

I should not find that hidden mystery.

Oh, 'tis imposture all!

And as no chemic yet th'elixir got,

But glorifies his pregnant pot

If by the way to him befall

Some odoriferous thing, or medicinal,

So, lovers dream a rich and long delight,

But get a winter-seeming summer's night.

Our ease, our thrift, our honour, and our day,

Shall we for this vain bubble's shadow pay?

Ends love in this, that my man

Can be as happy'as I can, if he can

Endure the short scorn of a bridegroom's play?

That loving wretch that swears

'Tis not the bodies marry, but the minds,

她那天使般聖潔的心靈——
就等同宣誓他在那一天
粗鄙嘶啞的歌聲中聽見了天體的音樂。
別寄望在女人身上找心靈；即便在最
甜美機智時，她們也只是著魔的木乃伊。

Which he in her angelic finds,

Would swear as justly that he hears,

In that day's rude hoarse minstrelsy, the spheres.

Hope not for mind in women; at their best

Sweetness and wit, they'are but mummy, possesst.

影子的一課

站著別動，我要給你上一課，
親愛的，關於愛的哲學。
我們已度過了三個小時，
在此散步，兩個影子亦步
亦趨，我們自己製造出的影子。
然而，現在太陽就在我們頭頂，
我們踩著自己的影子，
所有東西都變得美好清晰。
我們初生的愛情如是成長，
掩飾，陰影，還有我們的煩憂
也都飄然而去。但如今卻不然。

那愛情還沒有攀升到最高境界，
如果它還在竭力躲避旁人眼光。

除非我們的愛停在正午時分，
我們會在另一邊造出新的影子。
最初的影子是用來矇蔽
他人，後來的影子則會影響到
我們自己，矇蔽我們的眼睛。

A Lecture upon the Shadow

Stand still, and I will read to thee
A lecture, love, in love's philosophy.
These three hours that we have spent,
Walking here, two shadows went
Along with us, which we ourselves produc'd.
But, now the sun is just above our head,
We do those shadows tread,
And to brave clearness all things are reduc'd.
So whilst our infant loves did grow,
Disguises did, and shadows, flow
From us, and our cares; but now 'tis not so.

That love has not attain'd the high'st degree,
Which is still diligent lest others see.

Except our loves at this noon stay,
We shall new shadows make the other way.
As the first were made to blind
Others, these which come behind
Will work upon ourselves, and blind our eyes.

假如我們的愛衰退，向西沉落，
你對我，我對你，就會虛情
假意，彼此遮掩自己的行為。
上午的影子逐漸消逝，
下午的影子卻整日增長；
啊，愛情如果敗壞，其日短暫。

愛是不斷滋長，飽滿堅定的光，
而正午一過下一分鐘便是夜晚。

If our loves faint, and westwardly decline,

To me thou, falsely, thine,

And I to thee mine actions shall disguise.

The morning shadows wear away,

But these grow longer all the day;

But oh, love's day is short, if love decay.

Love is a growing, or full constant light,

And his first minute, after noon, is night.

譯者說／

　　鄧恩（John Donne, 1572-1631），英國玄學派詩人，出身富商之家。年輕狂放的他寫過淫穢、玩世不恭的詩，但羅馬天主教家庭背景的他也寫過一些充滿宗教狂熱的詩和散文，「無人是一孤島」（no man is an island）、「喪鐘為誰而響」（for whom the bell tolls）等著名字句即出自他的講道文。鄧恩可說是十七世紀的「前衛詩人」，班‧姜森曾稱讚他為「在某些方面居世界第一的詩人」。他揚棄伊麗莎白時期盛行的佩脫拉克詩風，以及十四行詩慣用的詞藻和比喻，跳脫陳腐與空洞，另闢蹊徑。戲謔和嚴肅，激情與理性辯證、交融，是其詩作的特色，因此讀鄧恩的詩，對讀者的想像力和知性是一大挑戰，也是一項有趣的體驗。

　　鄧恩的詩和前輩詩人以及同代許多詩人有著極大的差距。伊麗莎白時期的詩作華麗且富裝飾性，各意象間有著明顯的呼應，但是鄧恩的詩作則建立在「玄學的巧喻」（metaphysical conceit）之上。他的意象大膽而不落俗套，充滿了戲劇張力與知性深度；他擅長將原本不搭調或不相干的事物並列，使其產生某種可喜又奇異的對應關係，他當然是充滿激情的，但他鮮少在詩中直接表露激情，而是將之哲理化；他當然也企圖傳遞某些思想，但他鮮少在詩中具體說理，而是透過意象傳遞。因此，他的情詩具有理性與感性合一的雙重質地。鄧恩著名的「巧喻」甚多，譬如在〈告別詩：不准哀傷〉（A Valediction: Forbidding Mourning）中，以圓規比喻夫妻關係：中心柱是妻子，畫圓的腳則是丈夫。畫圓時，規腳傾斜，好比丈夫外出遊歷，妻子俯身盼望；規腳聚合，則好比丈夫歸返，妻子不再倚門等候；中心柱若穩固，則圓可畫得完美無瑕。

　　我們也可從此處選譯的四首情詩，略窺鄧恩獨特的詩風和機鋒。在〈影子的一課〉，詩人透過「影子」的意象闡述愛的哲學。當愛情剛萌芽時，戀人們或因害羞而躲避他人目光，此時的愛如「上午的影子」，是用來「矇蔽他人」的；愛得最飽滿、堅定時，彼此真誠相待，無須遮掩，此

時的愛像正午停在頭頂的太陽，沒有影子；當愛情逐漸消逝時，彼此開始虛假、遮掩，此時的愛就像下午到日落的影子，是用來矇蔽彼此的眼睛。和上午、下午相比，正午的時間最是短暫，詩人以此暗喻愛情無法永恆，希望愛人體認此一道理，及時把握美好的愛情「正午時分」。這首詩以迂迴的知性說理取代直接的感性訴求，向愛人表明心意，是典型的鄧恩詩。而在〈葬禮〉這首詩裡，我們也看到了戲謔、諷刺兼而有之的巧喻。詩人以死者的口吻敘述，等於將失戀和死亡畫上了等號，自稱「愛的殉道者」，「被處死刑隨後被套上手銬的囚犯」。然而失戀者對逝去的愛情仍念念不忘，他留著情人贈與的一束髮，將之喻為「外在的靈魂」，「是升天而去的靈魂留下的總督，／留下來代行視事」。然而失戀的他仍心有不甘地發下豪語：要將此髮圈一同埋葬，因為那表示埋葬部分的她。此種荒謬念頭實乃阿Q精神勝利法之遠親。

　　〈破曉〉一詩以女性口吻，用問句和敘說交錯進行的形式，企圖說服愛人在黎明之後仍留下相守。說話者的語氣剛柔並濟，撒嬌的挽留背後，隱含著指責和嘲諷，是一首趣味性和戲劇性十足的情詩。〈愛的煉金術〉則是從男性口吻出發的詩作。他認為愛情是短暫的，任何人若自稱找到能使愛情長生不死的「愛的煉金術」，必定是個騙子；對他而言，那些相信靈肉合一的愛情，不計代價追求愛情的人是愚昧無比的。詩末，詩人說女人即便在最佳狀態，也只是暫時被甜美機智附身的「木乃伊」。在女性主義抬頭的二十一世紀，這樣的字句頗有汙衊女性之嫌，但我們若以男性沙文主義者去界定寫過許多深情且深刻情詩的鄧恩，是十分不公平的。我們不妨將〈愛的煉金術〉視為詩人在失戀或絕望時所寫出的發洩情緒之作。愛情是多面向的，戀愛中的人情緒也絕非單一的，有時候熱情、溫柔，有時候憂傷、怨懟，有時候焦慮、憤慨。這樣的複雜情思才是愛的全貌。

荷立克（1591-1674）

凌亂自得

裙衫甜美的凌亂
引燃衣裳的歡鬧；
肩上輕盈的圍巾
披露出微妙的散亂；
不安於室的繫帶，四處
蠱惑猩紅的胸衣；
袖口怠忽職守，因而
絲帶紊亂地飄垂著；
迷人的浪，引人注目，
在洶湧的襯裙裡翻騰；
粗心大意的鞋帶，繫綁著
野性的文雅：
這些對我的魔力，遠勝
一切中規中矩時。

Robert Herrick (1591-1674)

Delight in Disorder

A sweet disorder in the dress
Kindles in clothes a wantonness;
A lawn about the shoulders thrown
Into a fine distraction;
An erring lace, which here and there
Enthralls the crimson stomacher;
A cuff neglectful, and thereby
Ribbons to flow confusedly;
A winning wave, deserving note,
In the tempestuous petticoat;
A careless shoe-string, in whose tie
I see a wild civility:
Do more bewitch me, than when art
Is too precise in every part.

茱麗亞的乳頭

你曾否看到（十分欣喜地）
一朵紅玫瑰自白玫瑰背後偷窺？
或者一顆櫻桃（雙重的優雅）
在一朵百合花內？位置正中？
或曾留意優美的光芒，
發自一顆草莓，半身浸泡在鮮奶油？
或者看過豐潤的紅寶石羞紅著臉
穿過光潔的珍珠，同樣色澤鮮麗？
就像這樣，別無它樣——
她胸前兩顆勻整的小乳頭。

Upon the Nipples of Julia's Breast

Have you beheld (with much delight)
A red rose peeping through a white?
Or else a cherry (double graced)
Within a lily? Centre placed?
Or ever marked the pretty beam,
A strawberry shows, half drowned in cream?
Or seen rich rubies blushing through
A pure smooth pearl, and orient too?
So like to this, nay all the rest,
Is each neat niplet of her breast.

新鮮的乳酪和鮮奶油

你要新鮮的乳酪和鮮奶油嗎？
它們在茱麗亞的乳房等你拿。
如果還要更多，一雙乳頭喊著：
這裡有草莓配你們的鮮奶油！

Fresh Cheese and Cream

Would ye have fresh cheese and cream?
Julia's breast can give you them.
And if more, each nipple cries:
To your cream here's strawberries.

她的雙足

她美麗的雙足
像兩隻爬行的蝸牛
稍稍探出頭來，隨後
玩躲貓貓似地，
又再度快速縮回。

Upon Her Feet

Her pretty feet
Like snails did creep
A little out, and then,
As if they played at Bo-peep,
Did soon draw in again.

她的腿

我樂於親吻茱麗亞優美的腿，
它白淨如一顆蛋，一根毛都沒。

Her Legs

Fain would I kiss Julia's dainty leg,
Which is as white and hairless as an egg.

茱麗亞的汗

你想得到花的精油嗎？
從茱麗亞的汗這兒拿去吧：
百合花油以及甘松香油？
同樣的東西她汗濕裡都有，
讓她呼吸，或者喘口氣，
各種濃郁香味隨之洋溢。

Upon Julia's Sweat

Would ye oil of blossoms get?
Take it from my Julia's sweat:
Oil of lilies and of spike?
From her moisture take the like,
Let her breathe, or let her blow,
All rich spices thence will flow.

荷立克（Robert Herrick, 1591-1674），英國詩人，與班·姜森和約翰·鄧恩齊名。他出生倫敦中產階級，父親為倫敦最富有的金匠之一，在荷立克出生後不久即去世；1607 年，荷立克隨事業同樣有成的金匠叔父入行學藝，至 1613 年轉向進入劍橋大學就讀，於 1620 年獲碩士學位。1623 年，荷立克成為一名神職人員。但是他的神職生涯並不單調枯燥，因為寫詩使他鎮日有想像中的諸多仕女（茱麗亞、科琳娜、派莉亞、雅典娜等）相伴。1648 年，他將詩作出版，不過未引起注意，因為當時英國人民正陷入審判和處死查理一世的激情之中。

雖然這本《金蘋果園》（Hesperides）是荷立克出版過的唯一詩集，但所有他感興趣的題材盡在其中——從女子的酥胸，到他與上帝的關係。這本詩集包括了兩個部分，一為世俗題材之詩歌，一為被他稱為「聖詠集」（His Noble Numbers）的宗教詩作——這些宗教詩並不奧祕，明白淺顯一如他的非宗教詩。他對政治、人類在宇宙的位置、人類情感的黑暗面等重大主題並不感興趣，反而將觸角伸向生活周遭細節。他的觀察細膩深刻，意象鮮活精準，切入事物的角度獨到，看似平淡無奇的事物，到他筆下，往往搖身一變成為興味十足的藝術品，因此有評論者稱他為「日常瑣事的雕琢大師」與「語言的金匠和珠寶匠」，他化腐朽為神奇的功力，在英語詩壇難覓匹敵者。

在〈茱麗亞的乳頭〉一詩，他一口氣用了「自白玫瑰背後偷窺的紅玫瑰」，「百合花中間的櫻桃」，「半身浸泡在鮮奶油裡的草莓」，和「羞紅著臉穿過光潔珍珠的紅寶石」等意象寫少女的乳頭。這四組視覺、味覺、觸覺效果交融的意象，有情色的影射，卻又一派純真無邪，把女體的描述提升到藝術的層次。另一首〈新鮮的乳酪和鮮奶油〉，顯然是同一主題的小變奏，但更口語而直接。

在〈凌亂自得〉一詩，他歌讚女子凌亂的衣衫勾撩起的別具風情之美。

他將衣服的細部擬人化，賦予其生命力，將「凌亂自得」的景象一幕幕呈現在讀者眼前——鞋帶粗心大意，繫帶不安於室，袖口怠忽職守，而絲帶隨意飄垂，襯裙騷動不已……。藉由這些意象，他歌頌「野性的文雅」（wild civility），認為不整的衣衫反而使女子更增添魅力，脫軌、引人遐想的穿著「對我的魔力，遠勝／一切中規中矩時」。在〈她的雙足〉短短五行詩裡，他用「蝸牛玩躲貓貓」的意象，寫女子慢步輕移時，鞋尖在裙襬下若隱若現的「景致」。另一首〈她的腿〉更短，只有兩行，但把茱麗亞圓潤的美腿比做一顆白淨無毛之「蛋」，實在令人莞爾難忘。〈茱麗亞的汗〉一詩，題材亦奇，把茱麗亞的所流的汗比做是集各類花樹汁液提煉而成的精油，香氣洋溢，讀來十分愉悅。這些詩作的語調帶有幾分戲謔但不失莊重，慧黠幽默卻不流於輕浮，在在證明了荷立克是自成一格的「女性風情的文字畫師」。

　　十九世紀英國詩人史溫本（Swinburne）稱荷立克是「英語民族最偉大的歌曲作者」，荷立克的詩幾百年來自然獲得許多作曲家的青睞，Hindemith、Britten、Delius、Warlock、Carter、Rorem 等德、英、美名家都譜過。先前提到的英國作曲家奎爾特，就有一組歌曲集叫《給茱麗亞》（To Julia, Op.8），譜了六首荷立克的茱麗亞詩，可惜此處譯的幾首他沒有譜進去。

馬維爾（1621-1678）

致羞怯的情人

如果我們的世界夠大，時間夠多，
小姐，這樣的羞怯就算不上罪過。
我們會坐下來，想想該上哪邊
去散步，度過我們漫漫的愛情天。
你會在印度的恆河河畔
尋得紅寶石：我則咕噥抱怨，
傍著洪泊灣的潮汐。我會在
諾亞洪水前十年就將你愛，
你如果高興，可以一直說不要，
直到猶太人改信別的宗教。
我植物般的愛情會不斷生長，
比帝國還要遼闊，還要緩慢；
我會用一百年的時間讚美
你的眼睛，凝視你的額眉；

Andrew Marvell (1621-1678)

To His Coy Mistress

Had we but world enough, and time,
This coyness, Lady, were no crime
We would sit down and think which way
To walk and pass our long love's day.
Thou by the Indian Ganges' side
Shouldst rubies find: I by the tide
Of Humber would complain. I would
Love you ten years before the Flood,
And you should, if you please, refuse
Till the conversion of the Jews.
My vegetable love should grow
Vaster than empires, and more slow;
An hundred years should go to praise
Thine eyes and on thy forehead gaze;

花兩百年愛慕你的每個乳房，
三萬年才讚賞完其它的地方；
每個部位至少花上一個世代，
在最後一世代才把你的心秀出來。
因為，小姐，你值得這樣的禮遇，
我也不願用更低的格調愛你。
　可是在我背後我總聽見
時間帶翼的馬車急急追趕；
而橫陳在我們眼前的
卻是無垠永恆的荒漠。
你的美絕不會再現芳蹤，
你大理石墓穴裡，我的歌聲
也不會迴蕩：那時蛆蟲將品嚐
你那珍藏已久的貞操，
你的矜持會化成灰塵，
我的情慾會變成灰燼：
墳墓是個隱密的好地方，
但沒人會在那裡擁抱，我想。
　因此，現在趁青春色澤

Two hundred to adore each breast,

But thirty thousand to the rest;

An age at least to every part,

And the last age should show your heart.

For, Lady, you deserve this state,

Nor would I love at lower rate.

    But at my back I always hear

Time's wingèd chariot hurrying near;

And yonder all before us lie

Deserts of vast eternity.

Thy beauty shall no more be found,

Nor, in thy marble vault, shall sound

My echoing song: then worms shall try

That long preserved virginity,

And your quaint honour turn to dust,

And into ashes all my lust:

The grave's a fine and private place,

But none, I think, do there embrace.

    Now therefore, while the youthful hue

還像朝露在你的肌膚停坐，
趁你的靈魂自每個毛孔欣然
散發出即時的火焰，
此刻讓我們能玩就玩個盡興；
此刻，像發情的猛禽
寧可一口把我們的時光吞掉
也不要在慢嚼的嘴裡虛耗。
讓我們把所有力氣，所有
甜蜜，滾成一個圓球，
粗魯狂猛地奪取我們的快感
衝破一扇扇人生的鐵柵欄：
這樣，我們雖無法叫太陽
駐足，卻可使他奔跑向前。

Sits on thy skin like morning dew,
And while thy willing soul transpires
At every pore with instant fires,
Now let us sport us while we may,
And now, like amorous birds of prey,
Rather at once our time devour
Than languish in his slow-chapt power.
Let us roll all our strength and all
Our sweetness up into one ball,
And tear our pleasures with rough strife
Thorough the iron gates of life:
Thus, though we cannot make our sun
Stand still, yet we will make him run.

譯者說／

馬維爾（Andrew Marvell, 1621-1678）巧妙地融合了伊麗莎白時代抒情詩的優雅以及玄學詩派的嚴謹知性，在十七世紀英國詩壇地位不容忽視。出身清教徒家庭的他，十二歲進入劍橋大學三一學院就讀，奠定良好的古典文學基礎，十八歲獲學士學位，隨後到歐洲旅遊四年，對法文、義大利文、西班牙、荷蘭等國文學也略有涉獵。1657 年，他曾擔任當時已雙目失明的米爾頓（John Milton）的拉丁文書記助理，並於 1659 年起擔任國會議員達二十年之久（據說米爾頓在復辟事件中得免一死，馬維爾是功臣之一）。

1660 年之後，馬維爾的著作主要是抒發政治理想、諷刺時政的詩文，鮮有個人內心探索之作；他的抒情詩主要寫於 1650 年代。他想像力豐沛，詩句帶有一種精練、冷靜的特質。他曾在詩中觸及如下的主題：物質世界和性靈世界的對應關係（〈靈魂與身體的對話〉[A Dialogue Between the Soul and Body]）；藝術的虛妄與無力感（〈冠冕〉[The Coronet]）；男性的情慾想像世界（〈畫廊〉[The Gallery]）；真愛難尋的消極愛情觀（〈愛情的定義〉[The Definition of Love]）；以「及時行樂」對抗生之短暫的愛的呼籲（〈致羞怯的情人〉）。

〈致羞怯的情人〉這首詩的主題和許多愛情詩是相通的：「把握當下，及時行樂」，也就是拉丁文所謂的「carpe diem」（等於英文「seize the day」）。此詞雖是羅馬詩人賀瑞斯所創，但在古今文學裡屢見不鮮。早在希臘時期，詩人 Asclepiades 就已寫下這樣的詩句：「你守護你的處女膜，有何好處？在冥府，你是找不到愛人的，姑娘。生命到處是愛情的歡娛，但是姑娘啊，躺在地底時，就只剩骨骸和塵土了。」在十六、十七世紀英語愛情詩裡尤其常見。荷立克在他的〈勉少女們善用時光〉（To the Virgins, to Make Much of Time）一詩開頭，就以「采彼薔薇花蕾趁汝能，／時光這老東西不停飛逝」（Gather ye rosebuds while ye may ／ Old Time is still a-flying）點出此一主題，這和中國古詩句「有花堪折直需折」所用意象如出一轍。

〈致羞怯的情人〉的主題雖無新意，但其呈現方式層次分明，以感性為裡，知性為表，是一首頗具特色的抒情詩。整首詩以三段式的說理架構，企圖說服愛人相愛要趁早，勿再羞怯矜持。一開始，詩人似乎說他願意花上數百、數萬年仔細地歌誦愛人的美，耐心地陪伴她，等候她點頭答應，不過此一情況是建立在一個假設前提之上：「如果我們的世界夠大，時間夠多」，而事實是——人生的空間和時間都是有限的。即便詩人未明白說出，即便詩人語氣溫和誠懇，但閱讀至此，我們已清楚地知道其中的弔詭：當前提不成立時，後面的推論自然也就被推翻了。接著，詩人一改前面溫柔敦厚的甜蜜語氣，代之而起的是以「墓穴」、「蟲蛆」等陰森可怖的意象，呈現冷峻的現實：在時間的驅迫和死亡的陰影之下，一切的美與愛都將化為烏有。最後，在旁敲側擊的邏輯推理之後，詩人開始正面出擊，以渴切的語調，一口氣拋出青春如朝露、靈魂散發火焰、猛禽大口吞噬、甜蜜滾成圓球衝破生命柵欄等意象，要愛人接受他的求愛，勿辜負青春年華。

詩中第七行提到的洪泊灣（Humber）在英格蘭東部，為 Ouse 河與 Trent 河之河口。

菲莉普絲（1631-1664）

致我卓越的露卡西亞，談我們的友誼

我一直到現在才算活著
我的快活得到加冕，
我可以無罪地說
我不是你的，我就是你。

這身軀會呼吸，走路，睡覺，
以至於世人相信
有靈魂維繫著這些活動；
但他們都受騙了。

如同錶，機械地靠著上發條
才能走動，我也是如此：
但歐琳達從來沒找到靈魂，
在找到你的靈魂之前；

Katherine Philips (1631-1664)

To My Excellent Lucasia, on Our Friendship

I did not live until this time
Crown'd my felicity,
When I could say without a crime,
I am not thine, but thee.

This carcass breath'd, and walkt, and slept,
So that the world believe'd
There was a soul the motions kept;
But they were all deceiv'd.

For as a watch by art is wound
To motion, such was mine:
But never had Orinda found
A soul till she found thine;

你的靈魂激發，治療，滋養
並且導引我黯淡的胸脯；
因為我能珍視的唯有你，
你是我的喜悅，生命，安寧。

任何新郎或帝王的歡愉
都無法跟我的相比：
他們有的只是幾塊土地，
在你身上我擁有全世界。

讓我們的火焰繼續燒著照著，
無須管任何虛假的恐懼，
如我們的本貌一樣純真，
如我們的靈魂一樣不朽。

Which now inspires, cures and supplies,
And guides my darkened breast:
For thou art all that I can prize,
My joy, my life, my rest.

No bridegroom's nor crown-conqueror's mirth
To mine compar'd can be:
They have but pieces of the earth,
I've all the world in thee.

Then let our flames still light and shine,
And no false fear controul,
As innocent as our design,
Immortal as our soul.

別離期間致 M．A．夫人

我痛不欲生至今已四個月，
然而我依舊活生生喘息著；
我躺著，全身被哀愁所圍，
既期望又不信能暫時得赦。
被逐出樂園的亞當，落得
成為這麼樣一個悲慘者。

我並非害怕失去你的愛，
即使我們別離，愛仍持續；
丟失的是它的好處與用處，
就好像金子，被鎖了起來：
雖然數量遠多過從前，
除了空想，什麼也沒增加。

是什麼憤怒的星左右了我，
我必須感受雙重的苦惱，
既被命運，也被你囚禁；
不得見你面又緊繫著你的心？
因為我的愛勝過所有的愛，
我的憂傷也必須無與倫比？

To Mrs. M. A. upon Absence

'Tis now since I began to die
Four months, yet still I gasping live;
Wrapp'd up in sorrow do I lie,
Hoping, yet doubting a reprieve.
Adam from Paradise expell'd
Just such a wretched being held.

'Tis not thy love I fear to lose,
That will in spite of absence hold;
But 'tis the benefit and use
Is lost, as in imprison'd gold:
Which though the sum be ne'er so great,
Enriches nothing but conceit.

What angry star then governs me
That I must feel a double smart,
Prisoner to fate as well as thee;
Kept from thy face, link'd to thy heart?
Because my love all love excels,
Must my grief have no parallels?

如今我依舊乾枯死寂，如
此地冬天一般，舉目所見
盡是我狂態的種種投影，
而我，是它們的原型。
別再愛我，因為我已變得
死氣沉沉，不配被你擁有。

Sapless and dead as Winter here
I now remain, and all I see
Copies of my wild state appear,
But I am their epitome.
Love me no more, for I am grown
Too dead and dull for thee to own.

譯者說／

　　菲莉普絲（Katherine Philips, 1631-1664），十七世紀英國女詩人，本名凱薩琳・佛樂（Katherine Fowler），生於倫敦，為商人之女，就讀寄宿學校，十六歲那年下嫁五十四歲的詹姆士。詹姆士多半住在威爾斯沿岸，而菲莉普絲則長居倫敦。詹姆士不但鼓勵她從事文學創作，更讓她享有極大的個人自由。菲莉普絲於三十三歲那年感染天花過世，第一本詩作於 1667 年正式出版。浪漫派名詩人濟慈（John Keats）曾在致友人的信中推崇其作品。

　　菲莉普絲創立了一個以女性為主體、名為「友誼會社」（The Society of Friendship）的半文學團體，每一成員皆有一出自古典文學的筆名。菲莉普絲以「歐琳達」（Orinda）自居，她在詩裡每每以筆名指稱自己以及她的友人。

　　菲莉普絲的詩作多達二百六十首，在當時評價頗高，她因此獲得「無雙的歐琳達」的封號。她的詩作內容多半述說她與女性友人們的關係，被認為是某種形式的女性主義與女同性戀的前驅。

　　菲莉普絲的詩作有半數題獻給本名安妮・歐文（Anne Owen）的露卡西亞（她們的關係維持了十年之久），此處所譯的〈致我卓越的露卡西亞，談我們的友誼〉即是一例。在這首詩裡，我們讀到了濃烈的情感表達，近乎吶喊的情愛告白，看到了充滿隱含情慾的官能性字眼，但菲莉普絲仍將詩中情愛定位為柏拉圖式的愛情：「歐琳達從來沒找到靈魂，／在找到你的靈魂之前」。儘管如此，詩中傳遞出的坦率、勇敢、自身俱足的同性愛宣言，在三百多年後的今日觀之，仍覺新鮮動人。這首詩一個有趣處是，面對女友時，菲莉普絲潛意識裡似乎視自己為男性：在第五節詩裡她說「任何新郎或帝王的歡愉／都無法跟我的相比」。

　　〈別離期間致 M. A. 夫人〉一詩標題亦可譯做〈致 M. A. 夫人談別離〉，是菲莉普絲題獻給另一名親密女友——被她在許多詩裡暱稱為「羅莎妮

亞」（Rosania）的 M. A. 夫人（Mrs. Mary Aubrey Montagu）之作，寫於菲莉普絲離開倫敦赴威爾斯期間。在這首詩裡，菲莉普絲以時而近乎自虐（第一、四節），又時而企圖以理性說服自己（第二、三節）的口吻，敘說與愛人別離時的身心煎熬，全詩就在這樣的矛盾情緒間擺盪著。菲莉普絲擅長使用意象，使詩中的情感顯得豐沛飽滿：在第一節，她將自己比喻成「被逐出樂園的亞當」（又是男性觀點！）；在第二節，她將別離期間的愛比喻成「被鎖了起來的」金子，用處盡失；在第三節，她用「囚禁」寫被思念牽絆之憂傷；在最後一節，她說自己是寂寥「冬日」的化身，見不到心愛的人，她失去了生存的活力。最後兩行是全詩最有趣的地方。在掏心掏肺訴說離情之後，竟然拋出了自暴自棄的字句：「別再愛我，因為我已變得／死氣沉沉，不配被你擁有」。然而自憐自艾的表象背後，流露出的卻是幾分霸氣的撒嬌口吻，讓讀者親眼目睹了一計「以退為進」的求愛高招。只要是愛情，同性愛也好，異性愛也好，都是苦樂交錯，憂喜參半，也因此高潮迭起，好戲連台。

葛蘭威爾 (1667-1735)

愛

愛為幻想所生，成長
於無知，被期望餵養，
毀於理解，而且，頂多是，
有幸佔有，立即消失。

George Granville (1667-1735)

Love

Love is begot by fancy, bred
By ignorance, by expectation fed,
Destroyed by knowledge, and, at best,
Lost in the moment 'tis possessed.

譯者說／

　　葛蘭威爾（George Granville, 1667-1735）是英國政治家，詩人，以及劇作家。他曾因被疑為已遜位的詹姆斯二世的擁護者，而於 1715 年至 1717 年間被囚禁於倫敦塔內。他的劇作包括一部喜劇《她巧扮男子》（*She Gallants*, 1696），一部悲劇《英雄之愛》（*Heroick Love*, 1698），還有莎翁《威尼斯商人》的翻版——《威尼斯的猶太人》（*The Jew of Venice*, 1701），以及一部歌劇《英國魔法師》（*The British Enchanters*, 1706）。1712 年，他出版一本詩集《多重場合之詩》（*Poems upon Several Occasions*），後又陸續有不同版本。

　　葛蘭威爾的名字或作品幾乎不見於任何重要的英國文學史或文學選集，但二十世紀初出版的《劍橋英美文學史》（*The Cambridge History of English and American Literature*）的編者們，卻覺得他的名字不應該被忽略。葛蘭威爾所處的英國文學年代是復辟時代（1660-1700）與十八世紀新古典主義當道的時期，前有德萊頓（John Dryden），後有頗普（Alexander Pope）、史威夫特（Jonathan Swift）等大師。約翰生（Samuel Johnson）在其著名的《英國詩人傳》（*Lives of the English Poets*）中談到葛蘭威爾時，對其評價似乎不甚友善，說他常被提及的一些詩其實「平庸薄弱而不動人，或者浮誇而不自然」，又說他的短詩「很少能讓人覺得有活力或優雅，覺得敏銳或厚實」，是「無聊瑣碎之作，因虛榮而發表」。但《劍橋文學史》的編者們以為，比諸許多矯揉、枯燥的學究詩人，葛蘭威爾的詩仍有其吸引人之處。

　　此處譯的這首〈愛〉是葛蘭威爾的一首只有四行的短詩，似乎是其流傳最廣的一首（也幾乎是大家僅知的一首），在網路上或某些情詩選集裡都可以找到。這四行彷彿一組格言或警句，像是老戀人給年輕戀人們的「戀愛極簡指南」：愛，「為幻想所生」，「毀於理解」，而且一旦擁有，立即消失。這些似是而非、似非而是的意念／意象的並置，使這首短

詩具有一種約翰生認為葛蘭威爾的短詩所無的「活力或優雅」，「敏銳或厚實」。這幾行英語詩句的音響也頗諧合、豐滿。試讀前面兩行："Love is begot by fancy, bred／By ignorance, by expectation fed,"——除了行末押「尾韻」之外，begot、by、bred 這幾個字押「頭韻」，fancy、fed 也是；而每一行最末的字都剛好頭、尾韻兼具，讀起來自有一種美妙的音韻。

　　葛蘭威爾也許不是什麼重要的詩人，〈愛〉也許不是什麼偉大的詩，但再短的一首詩，只要好，仍有其可觀、耐人尋味之處。

史威夫特 (1667-1745)

牡蠣

迷人的牡蠣我叫賣。
大爺們，快來買，
如此飽滿如此新鮮，
肉質何其鮮甜，
這是最甜最濕潤的
柯徹斯特牡蠣了。
它們能滿足你的胃，
並且讓你元氣充沛：
使你成為一位小姐
或一位少爺的爹；
而你的夫人
會快意過一生；
無論她是不孕，或年老，
無論她是邋遢，或嘮叨，
吃我的牡蠣，躺下靠近她，
她將豐饒多產，絕不怕她。

Jonathan Swift (1667-1745)

Oysters

Charming oysters I cry:
My masters, come buy,
So plump and so fresh,
So sweet is their flesh,
No Colchester oyster
Is sweeter and moister:
Your stomach they settle,
And rouse up your mettle:
They'll make you a dad
Of a lass or a lad;
And madam your wife
They'll please to the life;
Be she barren, be she old,
Be she slut, or be she scold,
Eat my oysters, and lie near her,
She'll be fruitful, never fear her.

譯者說╱

　　史威夫特（Jonathan Swift, 1667-1745），英國詩人，散文家和小說家。他出生於都柏林，是一名遺腹子，靠叔伯接濟才得以生活並完成都柏林三一學院的學業。幼年寄人籬下的清苦生活激發了他向上的動力，也是他日後憤世嫉俗的種因。他是虔誠的教徒：1695 年，他在愛爾蘭加入教會，並擔任牧師；1713 年，他被任命為聖派崔克教堂的司祭長，但終其一生都未能達成當主教的願望。他喜歡寫作，但也熱中政治，曾鼓吹被奴役者挺身反抗。他發表不少諷刺意味濃厚的文章，也曾在一些活動中有過大膽的言論，因此贏得「瘋狂愛爾蘭牧師」的封號。他在遺囑中交代後人在他黑色大理石墓碑上，用拉丁文的金字，銘刻下列字句：「本教堂司祭長葬於此，他狂暴的憤怒將不再傷害他的心。如果可能，請諸位過客亦效法這位曾經全心捍衛自由的人。」

　　1726 年出版的《格列佛遊記》（Gulliver's Travels）可說是史威夫特最膾炙人口的作品。他自稱這部遊記是建立在「恨世主義的偉大基礎上」。他把故事背景放在虛構的國度，敘說一則則刺激奇妙的旅程見聞，但諷刺意味濃厚，他藉由故事人物暴露出種種人性弱點（如愚昧、陰險、傲慢、卑賤、虛榮、殘酷），也企圖描繪出他心目中理想國的政治和社會風貌。恨世的史威夫特其實仍具有悲天憫人的胸襟，對世界仍抱存希望和愛。

　　史威夫特以諷刺散文和論文見長，〈書的戰爭〉（The Battle of the Books, 1704）和〈木桶的故事〉（The Tale of a Tub, 1704）都是他有名的作品。即便是寫給情人的《給史黛拉的日誌》（The Journal to Stella）也充滿對當時社會與政治現象的批評，少有細膩深情的一面。史威夫特坦率、雄辯、寫實的風格與當時雕琢華美的文學傳統格格不入，德萊頓（Dryden）曾預言史威夫特永遠也成不了詩人。不過，史威夫特晚年的作品以詩居多，仍不脫嘲諷、揶揄本色。最有趣的一首當推〈悼史威夫特博士之死〉（Verses on the Death of Dr. Swift, 1739）。這首預先寫就的輓歌

敘述在他死後朋友或敵人可能說出的話語，其用意在於為自己一生的行徑下一註腳或提出辯解。

此處選譯的〈牡蠣〉雖非詩人的名作，但其幽默、戲謔、粗鄙、樸拙的風格令人讀來頗感痛快。小販當街叫賣牡蠣，用盡性暗示十足的字眼，以及色香味俱全的意象，赤裸裸、活生生地介紹他的商品，顧客聽了鐵定臉紅心跳，春心蕩漾，躍躍欲試。這首詩雖不是寫給特定對象的傳統情詩，但是其挑逗功力直搗人性最原始的層面，堪稱寫給世間飲食男女的另類情詩，宜被印在海鮮店的菜單或收入好色如好吃者的壯陽食譜。

此詩共十六行，以八個十八世紀詩新古典主義詩人愛用的「兩行體」連綴成，讀來鏗鏘有力；我們的中譯盡量模仿之。詩中的「柯徹斯特」，乃英格蘭東南部艾色克斯（Essex）一城市，是著名的牡蠣供應地。

頗普 (1688-1744)

兩三：戴綠帽祕訣

兩三次造訪，兩三次鞠躬，
兩三次禮貌往來，兩三次發誓，
兩三次親吻，兩三次嘆氣，
兩三次天啊——還有真要我的命——
兩三次緊抱，兩三個陶姓人士，
再加上兩三千鎊在他們的家搞掉，
鐵定能叫兩三對配偶丈夫戴綠帽。

Alexander Pope (1688-1744)

Two or Three:
A Recipe to Make a Cuckold

Two or three visits, and two or three bows,

Two or three civil things, two or three vows,

Two or three kisses, with two or three sighs,

Two or three Jesus's—and let me dies—

Two or three squeezes, and two or three towses,

With two or three thousand pound lost at their houses,

Can never fail cuckolding two or three spouses.

譯者說／

　　頗普（Alexander Pope, 1688-1744），十八世紀前期的英國重要詩人。出身紗布批發商家庭，由於父母皆篤信羅馬天主教，而非英國國教，因此頗普常遭人歧視。更不幸的是，他十二歲時罹患脊椎結核性感染，導致成年後不但嚴重駝背，而且還有些跛腳，身高只有四呎六吋，坐在普通桌子邊還得加高座位。他身體極為虛弱，上下床、穿衣或寬衣都須由僕人代勞。身體的病痛使他變得驕縱任性，不僅放縱口腹之慾，也常常不分日夜地差遣僕人。據說他曾在酷寒的夜裡因靈感湧現而四度喚醒僕人拿紙筆給他。

　　頗普天賦異秉，據說「牙牙學語即能出口成章」，自幼即閱讀英、法、拉丁詩篇以及經典文學評論，並在父親鼓勵下開始寫詩。不到十八歲，模仿味吉爾（Virgil）之作寫成的《牧歌集》（Pastorals）即已受到出版商的垂青。1711 年，發表長詩〈批評論〉（Essay on Criticism），此詩對完整批評能力的培養方法、對妨礙正確判斷力的重要因素，以及批評家應有的態度都有詳盡敘述，可說是集新古典主義思想之大成的作品，也是經常被引用的英詩之一。

　　1712 年，他發表長詩〈秀髮劫〉（The Rape of the Lock）；這是一首「嘲仿英雄」（mock-heroic）詩的傑作。頗普採希臘史詩的風格，描寫一樁「秀髮被剪」事件。故事主角由古代的神話英雄人物換成了女性；史詩中的戰場變成綠色的牌桌，壯觀的戰爭場面成了爾虞我詐的牌戲，而禦敵的盾牌則成了女性的襯裙和髮針。在此詩，頗普極盡小題大作之能事，以磅礴的史詩風格（向詩神祈禱、衝突的事件、雄偉的口吻、英雄的裝束、激戰場景、眾神的介入），和瑣碎事件（一位風流男士偷偷剪去一位女士的一綹秀髮）並置，兩者之間的不協調形成一種戲謔、嘲諷的效果：頗普諷刺的顯然是當時虛浮矯作的英國上流社會。諷刺詩的確在頗普的創作（尤其是晚期詩作）中佔有相當的比重。除了當時社會，頗普也諷刺當時文壇。合達一千七百五十四行的〈蠢才〉（The Dunciad）和〈新蠢才〉（The New

Dunciad），是詩人另一著名的模擬史詩，描寫「魯鈍女神」統領之下文藝與科學全都處於「黑夜與渾沌」的境地。

此處選譯的〈兩三：戴綠帽祕訣〉雖然才短短七行，讀者仍可自其中體驗頗普的嘲諷威力。全詩由十一個以「兩三」開頭的名詞片語組成，點描出外遇事件種下禍根的步驟：由禮貌造訪，寒暄作揖，到稍稍深入交談，到訴說心事，到矯柔做作，到肢體接觸，到金錢的往來。這首詩可被視為教戰手冊：教男士們如何以漸進方式入侵已婚女士的生活，或許從另一角度看，也教男士們如何知己知彼提防自己因妻子失守而被「戴上綠帽」。第四行「兩三次天啊——還有真要我的命——」是全詩最有趣的一行：詩人將動詞片語「let me die」當名詞使用，並將「Jesus」寫成複數型，「Two or three Jesus's」乍看下乃成「兩三個耶穌」，雖然頗普指的是男女逐漸熟稔後，聊天中不時迸出的「天啊」（Oh, Jesus!）、「真要我的命」（Oh, let me die!）一類故做輕佻、誇張的用語。將「耶穌」與一系列戴綠帽步驟並列，實在有趣。而這一行恰巧位於全詩中間，又彷彿暗示在前三行、後三行夾擊下，內心所生的掙扎、抗拒或愧疚感。這裡的呼喚讓人聯想起史詩裡英雄向天神祈禱的片段，只是祈禱的內容竟是如此地不光榮，如此地「反英雄」，「嘲仿英雄詩」中戲謔、嘲諷的趣味盡在其中矣。詩中第五行「towse」原本是姓氏，應大寫，卻被以普通名詞般小寫並呈複數，彷彿將日常生活中偶然遇到的幾個「陶三」、「陶四」物化成媒介男女通姦的工具。

司馬特（1722-1771）

為身材短小向某女士辯白

沒錯，傲慢的美人，你大可嘲笑
那對你大獻殷勤的多情矮子，
但在你令他孤獨失意
而對某個身材巨大的猛男放電之前，
請聽他說話——聽他說啊，即便你不願，
好讓你的判斷力抑止你目光之野心。

聽著，殘殺動武才算男子漢嗎？
窮凶惡極才真算偉大嗎？
嘿，用數量和重量來衡量愛人的價值，
這豈是明智或公正之舉？
問問你的母親和奶媽，是這樣的嗎？
我想奶媽和母親會齊聲回答：非也。

Christopher Smart (1722-1771)

The Author Apologizes to a Lady for His Being a Little Man

Yes, contumelious fair, you scorn
The amorous dwarf that courts you to his arms,
But ere you leave him quite forlorn,
And to some youth gigantic yield your charms,
Hear him—oh hear him, if you will not try,
And let your judgement check th' ambition of your eye.

Say, is it carnage makes the man?
Is to be monstrous really to be great?
Say, is it wise or just to scan
Your lover's worth by quantity or weight?
Ask your mamma and nurse, if it be so;
Nurse and mamma I ween shall jointly answer, no.

外表越是不起眼，

靈魂（一如嚴密禁錮的泉水）

才得以盡情揮灑，永遠如新，

取之不盡，用之不竭；

不斷湧出有行動力的慾望，

像爐火女神的火一樣明亮，鮮活，持久。

你年輕的心是否渴望名聲：

你願是後人舉杯頌讚的對象嗎？

詩人們能使你留名青史，

他們誇耀的是「心靈」而非「肉體」的巨大。

月桂鮮少長於龐大笨重的詩人之身，

一如高潔的檞寄生鮮少生於粗壯的橡樹上。

照照鏡子，端詳臉頰——

花神以其全數玫瑰使之嬌紅；

體態纖柔——神色溫馴——

乳房是用來輕按，不是猛壓的——

那麼，請轉向我——帶著體貼的眼光轉向我，

不要再輕視具體而微的大自然成品。

The less the body to the view,

The soul (like springs in closer durance pent)

Is all exertion, ever new,

Unceasing, unextinguished, and unspent;

Still pouring forth executive desire,

As bright, as brisk, and lasting, as the vestal fire.

Does thy young bosom pant for fame:

Would'st thou be of posterity the toast?

The poets shall endure thy name,

Who magnitude of mind not body boast.

Laurels on bulky bards as rarely grow,

As on the sturdy oak the virtuous mistletoe.

Look in the glass, survey the cheek—

Where Flora has with all her roses blushed;

The shape so tender,—look so meek—

The breasts made to be pressed, not to be crushed—

Then turn to me,—turn with obliging eyes,

Nor longer nature's works, in miniature, despise.

年輕的阿蒙的確征服了世界，
然而他不見得比我更體面；
啊，美人，若我非得使你臣服，
我願與他，就名聲，就體型，一較高下。
所以，態度輕蔑的美少女啊，請去那邊的矮樹叢，
我要在那兒挑戰你最大限度的愛。

Young Ammon did the world subdue,

Yet had not more external man than I;

Ah! charmer, should I conquer you,

With him in fame, as well as size, I'll vie.

Then, scornful nymph, come forth to yonder grove,

Where I defy, and challenge, all thy utmost love.

譯者說／

　　司馬特（Christopher Smart, 1722-1771），英國詩人。他的父親（曾任貴族的管家）在他十一歲時去世。1739 年，他進入劍橋大學就讀，以創作拉丁文詩作聞名，並於 1745 年獲選為特別研究員。大學畢業後，他定居倫敦，以編輯刊物、投稿、為劇場創作歌曲維生。後來他染上酒癮，加上花費無度，於 1747 年因債務而坐牢。1752 年，他出版第一本詩集《多重場合之詩》（*Poems on Several Occasions*），並且娶 Anna Maria Carnan 為妻。羅馬詩人賀瑞斯是司馬特心儀的作家，對他日後的創作生涯影響甚鉅。1756 年，司馬特曾將賀瑞斯作品譯成英文。

　　1750 年代，司馬特陷入宗教狂熱，無時無刻不進行禱告。約翰生曾說：「我可憐的朋友司馬特在街上和其他怪異的場所雙膝跪地祈禱，顯見他內心騷亂不安。」1756 年，司馬特一場大病初癒，隨即出版《給至高無上主的讚歌》（*Hymn to the Supreme Being*）。不久，他被送進聖路克醫院和波特瘋人院，直到 1763 年才出院。在住院療養期間，他寫下《大衛王之歌》（*A Song to David*）以及「輪唱讚美詩」形式的長篇詩作 *Jubilate Agno*——此詩手稿於 1939 年始被人發現，而以《歡喜羔羊：瘋人院之歌》（*Rejoice in the Lamb: A Song from Bedlam*）之名出版。他生前最後五年被貧困和不斷高築的債務纏身；1770 年，他又因債務入獄，於翌年死於獄中。

　　《大衛王之歌》是司馬特最著名的作品，被許多評論家視為司馬特最具原創性和傳世價值的作品。在這部作品裡，他歌頌《詩篇》（*Psalms*）的作者大衛王，說他是神聖詩人的典型代表。勃朗寧（Browning）和葉慈（Yeats）等詩人曾提過此作品，認為在物質化取向日濃的世界，它代表著發自心靈的信念。因為這作品對精神層面的探索，司馬特也因此被認為是對克萊爾（John Clare）和布萊克（Blake）等詩人具有啟蒙之功的先驅作家。

〈為身材短小向某女士辯白〉是一首亦莊亦諧的妙詩。詩人想傳遞的是我們熟知的「勿以貌取人」或「內在比外在更重要」這類理念，但是他不呼口號，而是以生動活潑、詼諧有趣的方式向心儀女子辯白。詩中不乏令人絕倒的妙句，譬如詩中這位多情的矮子稱自己是「具體而微的大自然成品」，譬如他用「乳房是用來輕按，不是猛壓的」，來反證身材巨大之無用。詩人的說話語氣剛柔並濟，時而動之以情，時而訴之以理，時而以問句咄咄逼問對方，時而透過譬喻去說服對方；他的用詞時而淺白搞笑、誇大造作，時而義正辭嚴、真誠動人。閱讀此詩，我們看到「人小志氣高」的自信，「為愛越級挑戰」的勇氣，以及「以內涵取勝」的智慧，這對世上所有個子矮小的男士們應該具有不小的激勵作用！

司馬特的作品頗為二十世紀某些創作者所看重，英國作曲家布瑞頓（Britten），美國詩人金斯堡（Ginsberg）皆在其列。1943 年，布瑞頓曾將《歡喜羔羊》中的詩譜成曲，共八首（Op.30）。不知如果將〈為身材短小向某女士辯白〉一詩入樂，會是何樣貌？

布萊克（1757-1827）

病玫瑰

噢玫瑰，你病了！
那無形的蛀蟲
趁著黑夜飛來，
在狂哮暴風雨中，

已找到了包裹著
豔紅歡樂的你的床：
而他祕密黑暗的愛
讓你香消命亡。

William Blake (1757-1827)

The Sick Rose

O Rose, thou art sick!
The invisible worm
That flies in the night,
In the howling storm,

Has found out thy bed
Of crimson joy:
And his dark secret love
Does thy life destroy.

不要企圖訴說你的愛

不要企圖訴說你的愛，
愛情從來不能被表明；
因為溫柔的風吹過來，
沒有聲音也沒有蹤影。

我說了愛，我說了愛，
我跟她說了我所有心思，
顫抖，發冷，心驚膽跳──
啊，她果然消失。

在她離我而去後不久
一個旅人從旁邊走過，
沒有聲音也沒有蹤影：
嘆一口氣，把她佔了。

Never Seek to Tell Thy Love

Never seek to tell thy love,
Love that never told can be;
For the gentle wind does move
Silently, invisibly.

I told my love, I told my love,
I told her all my heart,
Trembling, cold, in ghastly fears—
Ah, she doth depart.

Soon as she was gone from me
A traveller came by
Silently, invisibly:
He took her with a sigh.

譯者說／

　　布萊克（William Blake, 1757-1827），英國詩人，畫家和雕版家。父母親皆為神祕論色彩濃厚的綏頓堡教派信徒，讓布萊克的性格和創作或多或少也蒙上一層神祕、陰鬱的色彩。自幼個性強悍不受紀律約束的布萊克，未受過正式教育，不過十歲時，他進帕爾斯繪畫學校就讀；十四歲時，父親又送他到一位雕版師處學藝，七年後，布萊克開始以雕版技藝謀生。1782 年，他與一名不識字的女子凱薩琳結婚。婚後，他教她讀書寫字，也教她繪畫和雕版，凱薩琳是他工作上的得力助手，也是生活上的良伴。布萊克在藝術創作上喜歡創新，拒絕傳統的束縛。他一生坎坷清苦，值得慶幸的是，四十多年的幸福婚姻讓他在困頓人世中覓得慰藉的泉源。

　　除了藝術創作，布萊克也寫詩。1783 年，他在兩位友人的贊助下出版了第一本詩集《詩的素描》（Poetical Sketches）。他雖企圖創新語言和形式，打破十八世紀新古典主義的傳統，但仍難掩其所受到的前輩作家（尤其是伊麗莎白時代抒情詩人）的影響。1789 年，《天真之歌》（Song of Innocence）出版：1794 年，《經驗之歌》（Song of Experience）出版。這兩本詩集應該一起閱讀，以為對照。布萊克以純真清明的抒情風格和凌厲陰鬱的世故筆調，揭示存之於人類靈魂的兩種對立狀態，「天真」和「經驗」兩者性質相異卻相伴相生。在寫作此二詩集的同時，布萊克還寫了《塞爾之書》（The Book of Thel, 1789），在這本書裡，他開始建立自己的神話體系，也進行自由詩體的實驗。其他詩作，如《天堂與地獄的結合》（The Marriage of Heaven and Hell, 1793），《亞美利加》（America, 1793），《歐羅巴》（Europe, 1794），《米爾頓》（Milton, 1808），和《耶路撒冷》（Jerusalem, 1818）等，充滿神話或神祕論的色彩、聖經典故、象徵或預言的意味，有些對傳統宗教觀和道德觀提出質疑，有些是善與惡、靈與肉、理性與靈感的辯證，有些則隱喻自由與強權、救贖與沉淪的抗衡。布萊克創新的藝術風格以及宗教意涵的詩作主題，對前拉斐爾派畫家頗具啟發與

影響力。二十世紀初期，西方學界開始對這位神祕主義詩人做有系統的研究，不但認為他是英國浪漫主義的先驅，還將他與叔本華、尼采等思想家相提並論，因為他以「先知般的幻覺」洞察了未來。

〈病玫瑰〉選譯自《經驗之歌》，詩人用擬人化手法，以紅玫瑰喻愛情，以無形的蛀蟲喻摧殘愛情的力量。第二節詩說：蛀蟲找到玫瑰「豔紅歡樂」的床，然後用他的「愛」將之毀掉。用「愛」指涉蹂躪的力量，是很獨特的觀點，這暗示出：許多看似美好的事物其實隱藏著致命的吸引力，我們可能受其誘惑而失去抵抗的能力，一如要等到玫瑰枯萎了之後，我們才察覺蛀蟲的存在。讀這首詩讓人想起舒伯特譜的哥德名詩〈魔王〉。魔王溫柔甜美的呼喚，充滿蠱惑與咒語般的魔力，和蛀蟲所釋出的「祕密黑暗的愛」，在本質上是相同的。英國作曲家布利頓曾將此詩譜成曲，為其Op.31《為男高音、法國號與弦樂的小夜曲》中的一章，頗神祕而美。

〈不要企圖訴說你的愛〉——又名〈愛的祕密〉（Love's Secret）——也是一首觀點獨特又帶有神祕色彩的詩。全詩建立在一個弔詭之上：愛情一旦被表白，就會消失。何以如此？是否清楚表達的愛像未能騰出美感距離的藝術品，其價值必定打了折扣？像恣意綻放的花朵被剪下插放在花瓶中，失去了生長的可能？像揭開面紗的少女剝奪了人們想像的空間？路過的旅人只嘆口氣就佔據了愛人的心房，因為愛情應該像溫柔的風，「沒有聲音也沒有蹤影」，也因此沒有負擔，不受羈絆，有快樂生長、無限發展的可能？

彭斯 (1759-1796)

紅紅的玫瑰

噢，我的愛人像紅紅的玫瑰，
新綻放在六月天；
噢，我的愛人像一首樂曲，
協和曼妙地吹彈。

多美麗啊，我可愛的姑娘，
我愛你這麼地深切；
我將永遠愛著你，親愛的，
直到所有海水枯竭。

直到所有海水枯竭，親愛的，
直到岩石被太陽熔解：
我將永遠愛著你，親愛的，
只要生命的沙漏不絕。

Robert Burns (1759-1796)

A Red, Red Rose

O my Luve's like a red, red rose
That's newly sprung in June;
O my Luve's like the melodie
That's sweetly play'd in tune.

As fair art thou, my bonie lass,
So deep in luve am I;
And I will luve thee still, my Dear,
Till a' the seas gang dry.

Till a' the seas gang dry, my Dear,
And the rocks melt wi' the sun:
I will luve thee still, my Dear,
While the sands o' life shall run.

再會吧，我唯一的愛人，
我暫且與你分離！
我會回來的，我的愛人，
即使相隔一萬里！

And fare thee weel, my only Luve,
And fare thee weel a while!
And I will come again, my Luve,
Tho' it were ten thousand mile!

luve love

gang go

bonie lovely

weel well

噢，口哨一吹我就來會你

（合唱）

噢，口哨一吹我就來會你，我的情郎！
噢，口哨一吹我就來會你，我的情郎！
雖然爸爸、媽媽和所有的人都會發狂，
噢，口哨一吹我就來會你，我的情郎！

但當你來求愛的時候你切要小心，
除非後門微開，不然你就不要來；
然後爬上後梯磴，不要讓人看見，
你來，裝得好像你不是要來找我，
你來，裝得好像你不是要來找我！
　　噢，口哨一吹……

O, Whistle and I'll Come to Ye

Chorus

O, whistle and I'll come to ye, my lad,

O, whistle and I'll come to ye, my lad,

Tho' father an' mother an' a' should gae mad,

O, whistle and I'll come to ye, my lad.

But warily tent when ye come to court me,

And come nae unless the back-yett be a-jee;

Syne up the back-stile, and let naebody see,

And come as ye were na comin' to me,

And come as ye were na comin' to me.

      O whistle, etc.

gae go	*tent* heed
nae not	*back-yett* back-gate
a-jee ajar	*syne* then
naebody nobody	

在教堂，或者市場，每次當你遇見我，
走過我身旁，彷彿你連一隻蒼蠅都不理；
但偷偷地用你可愛的黑眼睛向我眨一眨，
看我，然而裝得好像你不是在看我，
看我，然而裝得好像你不是在看我！
　　噢，口哨一吹……

總是發誓並且聲明你並不喜歡我，
而有時你可以稍稍輕視我的美貌；
但雖然開玩笑，切莫向別人示好，
怕她把你的愛從我這兒引誘了過去，
怕她把你的愛從我這兒引誘了過去！
　　噢，口哨一吹……

At kirk, or at market, whene'er ye meet me,

Gang by me as tho' that ye car'd na a flie;

But steal me a blink o' your bonie black e'e,

Yet look as ye were na lookin' to me,

Yet look as ye were na lookin' to me!

      O whistle, etc.

Ay vow and protest that ye care na for me,

And whyles ye may lightly my beauty a wee;

But court na anither, tho' jokin' ye be,

For fear that she wyle your fancy frae me,

For fear that she wyle your fancy frae me!

      O whistle, etc.

kirk church	*ay* always
whyles sometimes	*lightly* disparage
wee scorn	*anither* another
wyle entice	*frae* from

小麥田

（合唱）

小麥田，大麥田，

啊小麥田真可愛：

我絕忘不了那快樂的夜晚，

在田地裡和安妮在一塊。

那是在一個收穫節夜晚，

小麥田那麼可愛撩眼，

在清清朗朗的月光下，

我對安妮侃侃而談：

時間在不知不覺中消逝，

一直到天暗和天明之間，

經過小小遊說，她同意

在大麥田裡和我碰面。

Corn Rigs

Chorus
Corn rigs, an' barley rigs,
An' corn rigs are bonie:
I'll ne'er forget that happy night,
Amang the rigs wi' Annie.

It was upon a Lammas night,
When corn rigs are bonie,
Beneath the moon's unclouded light,
I held awa to Annie;
The time flew by, wi' tentless heed,
Till, 'ween the late and early;
Wi' sma' persuasion she agreed
To see me thro' the barley.

held awa held forth
tentless careless
amang among

rigs ridges
sma' small

天藍藍，風靜止，
月光明亮地照著；
我把她按下，以正直的善意，
在那大麥田裡：
我知道她的心非我莫屬，
我對她的愛全心全意；
我吻她一遍遍不可勝數，
在那大麥田裡。

我憐愛地將她緊抱在懷裡，
她的心不尋常地跳著；
我感謝那快樂之地，
在那大麥田裡。
但星光月光多燦爛，
將良辰清楚彰顯鉅細無遺！
她將永讚那快樂的夜晚，
在那大麥田裡。

The sky was blue, the wind was still,
The moon was shining clearly;
I set her down, wi' right good will,
Amang the rigs o' barley:
I ken't her heart was a' my ain;
I lov'd her most sincerely;
I kiss'd her owre and owre again,
Amang the rigs o' barley.

I lock'd her in my fond embrace;
Her heart was beating rarely:
My blessings on that happy place,
Amang the rigs o' barley.
But by the moon and stars so bright,
That shone that hour so clearly!
She ay shall bless that happy night,
Amang the rigs o' barley.

kent knew   *ain* own

owre over

我曾經和好友們同歡，
我曾經快活地暢飲；
我曾經得意地積聚財產，
我曾經快樂地想東想西：
但我見過的所有的喜悅，
即使全部擴增為三倍——
合起來都比不上那快樂的夜晚，
在那大麥田裡。

I hae been blythe wi' comrades dear;
I hae been merry drinking;
I hae been joyfu' gath'rin gear;
I hae been happy thinking:
But a' the pleasures e'er I saw,
Tho' three times doubl'd fairly—
That happy night was worth them a',
Amang the rigs o' barley.

hae have   *a* all

gear possessions

誰在我的房門外呀？

「誰在我的房門外呀？」
「除了芬德雷，還會有誰？」
「趕快走開吧，你不要在此！」
「當真要我走？」芬德雷說。
「你為何如此偷偷摸摸？」
「喔出來見個面吧，」芬德雷說。
「天亮之前你會鬧事的。」
「我真會鬧事的，」芬德雷說。

「要是我開門讓你進來，」
「讓我進去，」芬德雷說。
「你會吵得我無法成眠；」
「那是當然的，」芬德雷說。
「倘若讓你待在我房裡，」
「讓我待著吧，」芬德雷說。
「我恐怕你會一待到天明；」
「那是一定的，」芬德雷說。

Wha Is That at My Bower Door?

"Wha is that at my bower-door?"
"O wha is it but Findlay!"
"Then gae your gate, ye'se nae be here:"
"Indeed maun I," quo' Findlay;
"What mak' ye, sae like a thief?"
"O come and see," quo' Findlay;
"Before the morn ye'll work mischief:"
"Indeed will I," quo' Findlay

"Gif I rise and let you in"—
"Let me in," quo' Findlay;
"Ye'll keep me waukin wi' your din;"
"Indeed will I," quo' Findlay;
"In my bower if ye should stay"—
"Let me stay," quo' Findlay;
"I fear ye'll bide till break o' day;"
"Indeed will I," quo' Findlay.

wha who	*gate* way
ye'se you shall	*maun* must
gif if	*waukin* waking

「要是今晚讓你留下，」
「我要留在這裡，」芬德雷說。
「我怕你會再度前來；」
「我一定會的，」芬德雷說。
「這屋裡可能發生的事，」
「讓它發生吧，」芬德雷說。
「你到死都不能說出去。」
「我一定會的，」芬德雷說。

"Here this night if ye remain"—
"I'll remain," quo' Findlay;
"I dread ye'll learn the gate again;"
"Indeed will I," quo' Findlay.
"What may pass within this bower"—
"Let it pass," quo' Findlay;
"Ye maun conceal till your last hour:"
"Indeed will I," quo' Findlay.

安娜金色的髮束

昨晚我飲了一品脫的酒，
在無人得見之處；
昨夜躺臥在我的胸口
是安娜金色的髮束。

荒野上飢餓的猶太人
為天賜嗎哪而歡呼，
怎比得上安娜的紅唇
帶給我的無上幸福。

君王們，儘管東征西討
從印度河直到塞芬拿；
我只求緊緊擁抱
全身酥柔消溶的安娜：

宮廷的美色我看不上眼，
無論是皇后或妃嬪，

The Gowden Locks of Anna

Yestreen I had a pint o' wine,
A place where body saw na;
Yestreen lay on this breast o' mine
The gowden locks of Anna.

The hungry Jew in wilderness,
Rejoicing o'er his manna,
Was naething to my hinny bliss
Upon the lips of Anna.

Ye monarchs, take the East and West
Frae Indus to Savannah;
Gie me, within my straining grasp,
The melting form of Anna:

There I'll despise Imperial charms,
An Empress or Sultana,

gowden golden   *yestreen* last night
naething nothing   *hinny* honey
frae from

當我在她懷裡飄飄欲仙，
與安娜兩人共銷魂！

走開，你好炫耀的日神！
走開，你蒼白的戴安娜！
星子啊，掩住你們的眼睛，
當我去見我的安娜。

披著黑羽衣飛來吧，夜！
日、月、星辰全都退隱；
且帶給我一枝神筆好描寫
與安娜相好的蕩漾心神。

附白：
教會和政府會連成一氣，
禁止我做這些事情哪：
教會和政府下地獄去，
我要去會我的安娜。

在我眼裡她是陽光，
少了她我活不了啊：
人生在世若可許三願，
第一願就是我的安娜。

While dying raptures in her arms
I give and take wi' Anna!

Awa, thou flaunting God of Day!
Awa, thou pale Diana!
Ilk Star, gae hide thy twinkling ray,
When I'm to meet my Anna!

Come, in thy raven plumage, Night,
(Sun, Moon, and Stars, withdrawn a';)
And bring an angel-pen to write
My transports with my Anna!

Postscript
The Kirk an' State may join an' tell,
To do sic things I maunna:
The Kirk an' State may gae to hell,
And I'll gae to my Anna.

She is the sunshine o' my e'e,
To live but her I canna;
Had I on earth but wishes three,
The first should be my Anna.

　　彭斯（Robert Burns, 1759-1796），蘇格蘭公認的國家詩人。他出身清寒，一生飽受疾病、貧窮、躁鬱、焦慮、剝削之苦，啟蒙主義和浪漫主義精神是他奮鬥歷程中的重要支柱。他在詩中對貴族地主，教會、富豪的剝削與操控多所嘲弄，為小市民發聲。他的詩因此成為民主意識逐漸抬頭的蘇格蘭人的精神象徵。除了政治、諷刺詩之外，他也以熱情真摯的抒情詩著稱。

　　彭斯自幼即熟諳蘇格蘭民歌及民間故事；1786 年，他將民歌與文學結合，出版了《主要以蘇格蘭方言寫作之詩集》，傳頌一時。他並非學院派詩人，他的用字與節奏無任何理論可循，而是得本土方言以及蘇格蘭民歌的豐富傳統。他也師法當代英國詩歌。他有時會在詩中交錯使用蘇格蘭語和英語，兩種語言的歧義性使得他詩中有些字句產生雙重意義（蘇格蘭方言字面上的意義，以及英語的引申意義），反而豐富了詩歌的意涵。彭斯的詩與歌齊名，友人強生（James Johnson）編的《蘇格蘭音樂總匯》（*The Scots Musical Museum*），以及湯姆遜（George Thomson）編的《原始的蘇格蘭歌曲集》（*Original Scottish Airs*）中，收錄了兩百多首他為蘇格蘭曲調所寫或改寫的歌詞（約佔彭斯同類作品的三分之二）。

　　此處選譯的〈紅紅的玫瑰〉是他情詩中最知名者。這是一首利用民歌中常見的疊句形式寫成的癡情戀歌。整首詩節奏明快，但語調的發展頗具層次感：由含蓄溫柔的譬喻，到熱情的歌讚，到激切的愛的告白，到深情不捨的叮囑。有人認為此詩非彭斯所作，甚至非加工而成，彭斯只是一個採集者。彭斯也曾說這是他「信手撿來的一首淳樸的蘇格蘭老歌」，又說「對我而言淳樸、狂野的，在別人看來卻覺得滑稽、荒謬」。但一般以為此詩，如同彭斯許多歌詩，是以蘇格蘭民歌為材料改造而成。此歌流傳極廣，即便今日幾乎到處都有人唱。但 1794 年首次出版時，其原始曲調並非現在大家所熟悉者。一直到 1821 年，經作曲家兼編者 Robert Archibald

Smith 配上 "Low down in the Broom" 一歌的曲調出版後，才真正流行開來。

浪漫主義大將華茲華斯（Wordsworth）說彭斯的詩「深入大眾之心，力量長存」。如果華茲華斯溫柔、靜謐的詩像整齊種植於花園的花朵，那麼彭斯的詩就像怒放於整座山坡的紫色石南。質樸、粗野是彭斯作品也是其性格的特色。他始終對異性懷抱極大興趣，十四、五歲起即與女性交往，其弟說他「強烈好色」，他曾戲稱自己是「職業通姦者」，雖只活了三十七歲，卻閱人無數，除五名婚生子女外，另有九個私生子。或許因為對男女之事有如此「專業」之體驗，他寫出來的情詩才能簡單有力，生動深刻。

在〈噢，口哨一吹我就來會你〉這首詩，詩人用三個詩節寫出思春少女期盼私會情郎的複雜情思：竊喜、擔憂、焦慮、嫉妒兼而有之。唱此歌時，在每一詩節後插入合唱段落：「噢，口哨一吹我就來會你……」語氣的突轉暗示出：再多的愛情苦惱都抹煞不了會情郎的喜悅，生動呈現出少男少女故作世故的純情之愛。此歌有 Mack Wilberg 的編曲，現今許多合唱團都愛唱。〈小麥田〉是彭斯二十三歲前的作品，洋溢著奔放的激情和歡暢的情慾。詩人率真地描述在麥田向愛人求歡的狂喜，自然之美和性愛之美在麥田裡浪漫地交疊，留下難忘的回憶。詩中的安妮是誰，並不知道，但詩寫出後有很多安妮說就是她們。〈誰在我的房門外呀？〉寫於 1783 年，以對話的方式，生動地呈現出戀人們熱情示愛與矜持抗拒之間的拉鋸張力與戲劇趣味。〈安娜金色的髮束〉寫於 1790 年，歌讚凡夫俗婦、人間男女的情愛，其飄飄欲仙，其銷魂蕩漾，豈是功名利祿，聖蹟偉業所能比擬？塞芬拿（Savannah），為美國河流名，沿喬治亞州與南卡羅來納州向東南流入大西洋。

拜倫 (1788-1824)

那麼，我們不要再遊蕩了

那麼，我們不要再遊蕩了，
　　如此晚了，這夜已央，
雖然心還是一樣戀著，
　　而月光還是一樣明亮。

因為劍會把劍鞘磨穿，
　　靈魂也會磨損胸膛，
而心應該停下稍喘，
　　愛情自身也須休養。

雖然夜本就為愛而設，
　　而白日回來太匆匆，
但我們不要再遊蕩了，
　　在月光的映照中。

George Gordon, Lord Byron (1788-1824)

So, We'll Go No More A-Roving

So, we'll go no more a-roving
  So late into the night,
Though the heart be still as loving,
  And the moon be still as bright.

For the sword outwears its sheath,
  And the soul wears out the breast,
And the heart must pause to breathe,
  And love itself have rest.

Though the night was made for loving,
  And the day returns too soon,
Still we'll go no more a-roving
  By the light of the moon.

譯者說／

　　拜倫（George Gordon, Lord Byron, 1788-1824）是英國詩人，也是十九世紀歐洲浪漫主義、自由主義和政治解放的指標性人物。他不僅是偉大的詩人，也是為理想戰鬥的實踐者。他積極投身希臘民族解放運動；1824 年病逝異鄉。

　　拜倫出身倫敦貴族世家，哈羅公學畢業後，就讀劍橋大學，但他並未專心向學，反而廣泛閱讀歐洲和英國的文學、哲學和歷史著作，也積極參與各項體能和社交活動，生活散漫放蕩。1807 年，他將早期詩作結集成《閒散時光》（Hours of Idleness）一書。1809 到 1811 年間，拜倫遍遊葡萄牙、西班牙、阿爾巴尼亞、希臘、土耳其等國，希望親身體驗真實人生，不讓視野侷限於書本所學和狹隘的偏見。在旅途中，他開始寫作《恰爾德·哈洛爾德遊記》（Childe Harold）。1812 年，該詩的前兩章出版，使他一夜之間聲名大噪。他在詩中除了描述異國見聞和風土民情，也抒發他對拿破崙時代的幻滅，並坦述浪漫主義理想和現實世界的差異性。

　　他的另一部經典之作是《唐璜》（Don Juan, 1818-1823）。拜倫不僅是一位偉大的詩人，還是一個為理想戰鬥一生的勇士；他積極而勇敢地投身革命，參加了希臘民族解放運動，並成為領導人之一。這是一首充滿傳奇色彩的長篇敘事詩，描寫西班牙貴族子弟唐璜的遊歷、戀愛及冒險等浪漫故事，揭露了社會中黑暗、醜惡、虛偽的一面，釋放出為自由、幸福和解放而奮戰的訊息，充分反映出拜倫的個性特質、諷刺的機智以及獨到的見解。唐璜可說是孤傲狂熱浪漫卻又充滿叛逆精神的典型的「拜倫式英雄」。

　　這首詩的原作者是十八世紀蘇格蘭的無名氏，經拜倫改寫成此貌。美國民歌復興運動健將與民謠研究者 Richard Dyer-Bennet（1913-1991）曾將之譜成曲。多年前，我們聽到瓊·拜雅（Joan Baez）唱此曲，驚為天籟，反覆聽之。此詩雖經浪漫主義詩人之手，但一反浪漫主義的濫情，具有一

種巧妙的節制，原來是系出民間有以致之。

　〈那麼，我們不要再遊蕩了〉一詩道出戀人依依難捨之情，但熾熱情愛的背後，卻不時閃現理性的平衡力量。我們彷彿聽到其中一位戀人對另一位戀人進行勸說：「一如銳利的寶劍會把劍鞘磨穿，過於熾熱的靈魂若不降溫，也會磨穿胸口的，因此即便相愛至深的戀人，仍該有分開的時候，因為愛情也是需要休養充電的呀！雖然夜晚最適宜談情說愛，但兩情相悅仍該適可而止，所以，親愛的，雖然月光皎潔，我們還是不要再遊蕩了！」真正美味的愛情湯汁應該是用文火慢燉熬製而成的，細心經營的愛情方能經得起時間的考驗，而騰出距離之後，才能更清楚地看出愛情的全貌。

杭特 (1784-1859)

珍妮吻了我

我們碰面時，珍妮從
椅子上跳起來吻了我；
時間，你這喜歡把美事
放進你目錄的竊賊，把那記上去！
說我很疲倦，說我很悲傷，
說健康和財富都與我錯身而過，
說我日漸老去，但要加上，
珍妮吻了我。

Leigh Hunt (1784-1859)

Jenny Kiss'd Me

Jenny kiss'd me when we met,
Jumping from the chair she sat in;
Time, you thief, who love to get
Sweets into your list, put that in!
Say I'm weary, say I'm sad,
Say that health and wealth have miss'd me,
Say I'm growing old, but add,
Jenny kiss'd me.

譯者說／

　　杭特（Leigh Hunt, 1784-1859）是英國詩人，批評家和新聞記者。他是家中八個孩子中的老么，母親是生於美國費城的教友派信徒，父親來自西印度群島，本來在費城執律師之業，因為反對獨立，被迫舉家遷離美國，來到英國，改當牧師，後因理財不當，終老於債務人監獄。杭特是家中唯一出生於英國者。

　　杭特少年時即對政治和詩感興趣，他和同時代許多有志於政治改革的年輕作家交往，包括雪萊、濟慈、拜倫、蘭姆、哈茲利（William Hazlitt）等，他的家成為這些人的聚會所。1801 年，出版第一本詩集《少作集》（Juvenilia），顯示出他對義大利文學的愛好，其喜用「奔行」（run-on lines）的詩風，對濟慈早期詩作頗有影響。1808 年，他和哥哥約翰合辦了一份政論刊物《考察者》（The Examiner）週報，並且因之入獄兩年（1813-15）。《考察者》一直維持到 1821 年。透過這份週報，他把雪萊與濟慈介紹給世人。1822 年，他前往義大利與雪萊、拜倫會合，並且合辦了一份出刊四期、至翌年即結束的政論刊物《自由主義者》（The Liberal）。他至 1825 年才返回英國，繼續經營其文學志業。

　　杭特一生雖然出版了多冊的詩集、戲劇集和譯作，但他的文學聲名主要建立在他的短篇雜文，兩首抒情詩──〈阿保・班・阿德罕〉（Abou Ben Adhem）與〈珍妮吻了我〉──皆出於 1838 年的詩集《寶石集》（The Book of Gems），一首描述但丁《神曲》地獄篇第五章弗蘭契絲卡與保羅愛情故事的長詩《里米尼物語》（The Story of Rimini, 1816），以及他風趣而豐富的《自傳》（Autobiography, 1850）。此外，他對濟慈的文學影響，以及率先賞識、推介雪萊與濟慈文才的慧眼，也為人津津樂道。

　　此處譯的這首〈珍妮吻了我〉只有八行，非常可愛，頗有民歌或前面讀到的彭斯詩作的樸拙、天真。用迂迴的方式禮讚所愛者所賜的珍貴一吻：生年有限，但即便貧而且老，只要想起心愛的珍妮一吻留在心底的甜蜜，

這一生就值得了！

　　這首詩中的「珍妮」，據說是蘇格蘭作家卡萊爾（Thomas Carlyle, 1795-1881）的妻子珍妮‧威爾胥（Jane Welsh）。1835 年，杭特搬到倫敦西南部的 Chelsea 區居住，卡萊爾也聽其建議，搬來與他為鄰，並成為杭特一生中最親近的友人之一。此詩頗讓人一讀即喜，挪威歌手 Haakon 曾將之譜成曲，就像是一首民歌，網路上可聽到。

雪萊 (1792-1822)

致——

啊有一個字太常遭人褻瀆，
我不忍再褻瀆它；
有一種情感太常被人輕忽，
你不能再輕忽它。
有一種希望太像絕望，
謹慎也無法使之窒息；
而你的憐憫珍貴異常，
遠勝過其他人的憐惜。

我無法獻出所謂的愛；
但你難道不願接納
那自內心揚升的崇拜——
連上天都不拒斥它：
飛蛾對星辰的渴盼，
黑夜對黎明的想望，
身處這悲苦的塵寰
對遙遠事物的嚮往？

Percy Bysshe Shelley (1792-1822)

To—

O One word is too often profaned
For me to profane it,
One feeling too falsely disdain'd
For thee to disdain it.
One hope is too like despair
For prudence to smother,
And pity from thee more dear
Than that from another.

I can give not what men call love;
But wilt thou accept not
The worship the heart lifts above
And the Heavens reject not:
The desire of the moth for the star,
Of the night for the morrow,
The devotion to something afar
From the sphere of our sorrow?

當柔美的聲音消逝，樂音

當柔美的聲音消逝，樂音
迴盪於記憶之中；
當清香的紫羅蘭病枯，芬芳
存留於其撩動的感官。

當玫瑰凋亡，玫瑰葉
為摯愛鋪床一片片堆疊；
因此當你離去，愛情將
枕著對你的思念入眠。

Music, When Soft Voices Die

Music, when soft voices die,
Vibrates in the memory;
Odours, when sweet violets sicken,
Live within the sense they quicken;

Rose leaves, when the rose is dead,
Are heap'd for the beloved's bed;
And so thy thoughts, when thou art gone,
Love itself shall slumber on.

愛的哲學

泉水匯集成江河，
江河匯流入海洋，
天風始終摻雜著
一種甜蜜的情感；
世間無一物落單，
萬物循神妙定律
與另一個體交纏——
為什麼你我獨異？

看，山峰吻著高空，
波浪也相互抱住；
如果輕蔑自家弟兄
花姊花妹不被寬恕；
陽光緊抱著大地，
月光輕吻著海波；——
這些親吻有何益，
如果你不來吻我？

Love's Philosophy

The fountains mingle with the river,
And the rivers with the ocean;
The winds of heaven mix forever
With a sweet emotion;
Nothing in the world is single;
All things by a law divine
In another's being mingle—
Why not I with thine?

See, the mountains kiss high heaven,
And the waves clasp one another;
No sister flower could be forgiven
If it disdained its brother;
And the sunlight clasps the earth,
And the moonbeams kiss the sea;—
What are all these kissings worth,
If thou kiss not me?

譯者說／

　　雪萊（Percy Bysshe Shelley, 1792-1822），英國浪漫主義詩人。曾寫出〈無神論之必要性〉（The Necessity of Atheism, 1811）而遭到學校開除的雪萊，有著保守傳統的出身背景：他具有貴族血統，祖父是蘇塞克斯首富，父親是國會議員。父親希望雪萊能承其衣缽，因此將他送到一所私立學校接受良好的教育。雪萊外表溫馴柔弱，經常是高年級生欺侮的對象。求學期間，他見識到師長和同學所表現出的「微型暴政」，以及普遍存在於人性中的不人道，逐漸醞釀出反抗壓迫和不公的性格，並持續表現於他日後的創作上。1812 年，他赴愛爾蘭參加民族解放運動；1817 年，在〈伊斯蘭的叛變〉（The Revolt of Islam）一詩的獻詞中，他如是寫道：「我毫不羞慚地說：『我將保持智慧，／公正，自由和溫和，如果我可以擁有／這樣的力量，因為我已然厭於見到／自私強悍之人橫行霸道／而無人譴責或遏止。』」在 1820 年出版的詩劇《普羅米修斯獲釋》（*Prometheus Unbound*）中，他將神話人物普羅米修斯塑造成人類道德、智慧、勇氣、尊嚴、自由、博愛的至高典範，傳遞出他對社會、政治所抱持的理想。

　　在短暫的三十年生命中，雪萊的情史相當豐富。1811 年 8 月，他和年僅十六歲的哈芮愛（Harriet Westbrook）私奔到蘇格蘭。後來雪萊結識他所景仰已久的作家威廉‧高德溫（William Godwin）之女瑪莉，並於 1814 年 7 月偕同瑪莉同父異母之妹珍妮私奔到法國（珍妮後來成為雪萊的情婦，為他產下一子）。雪萊曾提議和哈芮愛、瑪莉三人同居，但為哈芮愛所拒。1816 年，抑鬱寡歡的哈芮愛投湖自盡。雪萊對此竟無愧意，反而在寫給友人的信上說：「我的生活伴侶必須是能欣賞詩且懂哲學之人，哈芮愛是個高貴的動物，但兩種能力均闕如。」在哈芮愛死後二十天，雪萊和瑪莉正式結婚。雪萊在此事件所表現的自私任性，對照其詩作中所宣揚的崇高理念，真是一大諷刺！後來雪萊因健康不佳赴義大利休養，又與當地總督之女艾密莉亞發生了戀情。1822 年 7 月 8 日，雪萊在駕船途中

遇到暴風，船翻覆；十天後，屍首漂到岸邊，據說衣袋裡塞滿了濟慈和莎孚克利斯（Sophocles）的詩作。

雪萊是思想性和藝術性兼具的作家，他的情詩情感豐沛，音韻動人，文字色澤瑰麗。在〈致──〉這首詩裡，他企圖以說理的方式打動芳心。他不願用庸俗的「愛」字去界定他對她的感情，因為她太崇高、尊貴了：她之於他猶如星辰之於飛蛾，黎明之於黑夜。他不能用愛的眼光去直視她、褻瀆她，他要「崇拜」、「渴盼」、「想望」、「嚮往」她，並且祈求她的憐憫。對於如此卑微的請求，應該少有女子會不欣然允諾的。

〈當柔美的聲音消逝，樂音〉是一首結構相當完美的詩。在第一節，詩人先用兩組對稱的意象──「柔美的聲音消逝」和「清香的紫羅蘭病枯」，營造出憂鬱而甜美的回憶氣氛，而「樂音／迴盪於記憶之中」和「芬芳／存留於其撩動的感官」兩句則以餘音嫋嫋、餘香猶存的意念暗示對逝去愛情的依戀。在第二節，詩人道出內心的朝夕思念，不過他以抽象的「愛情」取代具體的「我」，巧妙化解了直接表述的濫情與肉麻。〈愛的哲學〉則提出一個相當單純的意念：宇宙萬物都可找到與之相容或相合的對應物，形成動人景象，為什麼你和我不能合為一體？詩末，詩人以近乎直接吶喊的方式向愛人索吻，頗具少男天真浪漫的初戀情懷。

將雪萊此二詩譜成歌的作曲家不下數十人，其中以英國作曲家奎爾特所作流傳最廣。

濟慈 （1795-1821）

明亮的星

明亮的星啊，我願像你那樣堅定——
但不是高懸夜空，孤寂地發光，
永遠睜開眼睛，像大自然中一名
耐心、不眠的隱士，觀看
水流，如僧侶般守其執掌，
為人類所居的塵世之岸施洗，
或者凝視，山嶺和荒野之上
輕柔飄落的雪的新面具——
啊，不——我要更堅定不移，
枕著我的愛人圓熟的酥胸，
永遠感覺它溫柔的伏與起，
永遠在甜美的不安中警醒。
　　不斷，不斷聽著她柔和的呼吸，
　　就這樣活著——或者昏迷不起。

John Keats (1795-1821)

Bright Star

Bright Star! would I were steadfast as thou art—
Not in lone splendour hung aloft the night,
And watching, with eternal lids apart,
Like Nature's patient sleepless Eremite,
The moving waters at their priestlike task
Of pure ablution round earth's human shores,
Or gazing on the new soft-fallen mask
Of snow upon the mountains and the moors—
No—yet still steadfast, still unchangeable,
Pillow'd upon my fair love's ripening breast
To feel for ever its soft fall and swell,
Awake for ever in a sweet unrest;
    Still, still to hear her tender-taken breath,
    And so live ever—or else swoon to death.

這隻活生生的手

這隻活生生的手,如今溫暖且能
熱誠地抓握,假使冷去
在冰寒沉默的墓裡,它將
如是糾纏你的白日,冷卻你的夜夢
讓你祈求自己的心血液盡失
好使我的血脈再度流動著豔紅的生命
而你良心得安——看,它就在這裡——
我把它舉向你的眼前。

This Living Hand

This living hand, now warm and capable
Of earnest grasping, would, if it were cold
And in the icy silence of the tomb,
So haunt thy days and chill thy dreaming nights
That thou wouldst wish thine own heart dry of blood
So in my veins red life might stream again,
And thou be conscience-calmed—see here it is—
I hold it towards you.

譯者說／

　　濟慈（John Keats, 1795-1821），英國文學史上壽命最短的天才詩人之一，享年不到二十六。父親經營馬車行，在濟慈八歲時因酒醉墜馬身亡，母親改嫁一名存心不良的銀行職員，不久婚姻告吹，父親遺留的家產全數被繼父掠奪，母子五人生活陷入困境。濟慈十四歲時，母親死於肺結核，他也染患此一家族疾病。後來，濟慈被送到一外科醫生那裡當學徒。在這段期間，他讀了許多書，尤其是十六世紀斯賓塞的詩作。1814 年，濟慈寫出的第一首詩就以〈仿斯賓塞〉（Imitation of Spenser）為標題。

　　濟慈的文學啟蒙者應該是濟慈母校校長之子查爾斯・克拉克（Charles Cowden Clarke）。他教濟慈打拳擊和板球，也鼓勵他讀詩並欣賞音樂與戲劇。在他的引介下，濟慈結識杭特（Leigh Hunt），兩人成為知交，濟慈也因此決定以寫作為其志業，他的第一本詩集即題獻給杭特。1818 年，濟慈完成長達四千行的長詩《恩底彌翁》（Endymion），受到保守派文人的冷嘲熱諷，不過濟慈不以為意，他認為：「對深諳抽象之美的人而言，自己才是作品最嚴厲的批評者。」

　　坎坷的生活遭遇並未讓濟慈憤世嫉俗，他用詩歌、美、想像，與殘酷現實對抗。他懂得捕捉生命中短暫的片刻，賦予其意義，以化解現實苦難並自其中找到力量。在〈憂鬱頌〉（Ode on Melancholy），他知道憂鬱如影隨形地與人世間美好歡樂的事物並存，也在與之周旋的過程中找到忘卻憂鬱的良方；在〈夜鶯頌〉（Ode to a Nightingale），他以夜鶯作為詩人的象徵，由從古至今都可聽見夜鶯的歌聲，體悟人生短暫但詩歌可以永恆的道理；在〈希臘古甕頌〉（Ode on a Grecian Urn），他悟出透過藝術和文學想像，可化瞬間為永恆，沒有聽見的聲音反而更美，慾求未得滿足反而是一種幸福，一如在〈秋之頌〉（To Autumn）裡，他說：何必惋惜春日的歌聲消失，秋天自有其圓熟飽滿的韻味。

　　1818 年，濟慈愛上芳妮・布朗（Fanny Brawne），從此展開一段充滿不安與變數的戀情：芳妮天真美麗，但少不更事，時有輕佻之舉；濟慈

貧病交迫，又因身染痼疾未癒而無法結婚。對愛情的渴望與絕望，讓敏感多情的濟慈寫出不少動人的詩篇。〈明亮的星〉據稱是濟慈最後一首十四行詩。「明亮的星」雖是完美的永恆象徵，但此刻詩人不再想自抽象的哲理思維得到慰藉，他渴望感官的滿足和肉體的接觸，因為那種甘苦摻半的幸福（「永遠在甜美的不安中警醒」）才最踏實，才是另一種值得追求的永恆。

　　〈這隻活生生的手〉是濟慈的最後一首詩作，寫於他一首未完成的詩作的空白處。這是一首以恨意為支架搭建而成的愛的詩篇。濟慈以陰冷、威嚇的口吻提出愛的訴求，要愛人趁現在他還活著趕緊接受他的愛（握住他活生生的手），不要等到他死後陰魂不散苦苦糾纏時，才感到良心不安。最後兩行──「……看，它就在這裡──／我把它舉向你的眼前」──帶有要對方立刻作決定的恫嚇語氣，充滿焦慮渴切，濟慈在寫作此詩時，似乎感覺到自己已來日無多了。濟慈在生命的盡頭還在為無法實現的愛作垂死的掙扎，此詩讀來令人心疼。

勃朗寧夫人 (1806-1861)

如果你一定要愛我

如果你一定要愛我，就單單
純純只為了愛而愛。不要說：
「我愛她，因她的微笑，模樣，
她輕聲說話的語氣，因她與我
不謀而合的妙想，而且在那天
的確帶給我愉悅舒適的感覺。」
親愛的，因為這些事物可能會
變質或因你而變，而如是營造的
愛，或將如是而毀。也不要因
你憐惜地拭乾我的淚頰而愛我，
一個人久受你的安慰，也許會
忘了哭泣，也因此失去你的愛！
只為了愛而愛我，這樣你才能
因為無窮盡的愛，永遠愛下去。

Elizabeth Barrett Browning (1806-1861)

If Thou Must Love Me

If thou must love me, let it be for nought
Except for love's sake only. Do not say
"I love her for her smile—her look—her way
Of speaking gently,—for a trick of thought
That falls in well with mine, and certes brought
A sense of pleasant ease on such a day"—
For these things in themselves, Beloved, may
Be changed, or change for thee,—and love, so wrought,
May be unwrought so. Neither love me for
Thine own dear pity's wiping my cheeks dry,—
A creature might forget to weep, who bore
Thy comfort long, and lose thy love thereby!
But love me for love's sake, that evermore
Thou may'st love on, through love's eternity.

我如何地愛你？

我如何地愛你？讓我逐一細數。
我愛你，愛到我的靈魂於玄冥中
探索存在和完美神恩的極限時
所能企及的深度、廣度、高度。
我愛你，就像陽光下燭火邊
每日不待說出口的需求那般。
我自由地愛你，如人爭取正義，
我純粹地愛你，如人不求稱譽。
我愛你，以我往昔悲痛時日
所用的熱情，以我童年信念。
我愛你，用那似已隨我的聖者
消失的我的愛——我愛你，用我
一生的呼吸微笑淚水——而且
倘神意如此，死後我會更愛你。

How Do I Love Thee?

How do I love thee? Let me count the ways.

I love thee to the depth and breadth and height

My soul can reach, when feeling out of sight

For the ends of Being and ideal Grace.

I love thee to the level of every day's

Most quiet need, by sun and candlelight.

I love thee freely, as men strive for Right;

I love thee purely, as they turn from Praise.

I love thee with the passion put to use

In my old griefs, and with my childhood's faith.

I love thee with a love I seemed to lose

With my lost saints,—I love thee with the breath,

Smiles, tears, of all my life!—and, if God choose,

I shall but love thee better after death.

　　勃朗寧夫人（Elizabeth Barrett Browning, 1806-1861），本名伊麗莎白‧芭瑞特，是英國維多利亞時代著名女詩人。她未受過正式教育，但十分聰慧，自幼即通曉多種語言，如希臘文、希伯來文、拉丁文。十三歲時，父親為她自費刊印了她的第一首詩〈馬拉松之役〉（The Battle of Marathon）。十五歲那年，她騎馬外遊，不慎自馬背摔落，傷及脊椎，導致半身癱瘓，幾乎無法走動，再加上肺部疾病，她大半生幾乎都在病榻上度過。伊麗莎白雖然受到悉心照顧，但也生活在父權的宰制下：他的父親十分頑固且不通人情，他不肯解放農場上的黑奴，也不准他的十名子女談及嫁娶之事，一旦結了婚，他便與之斷絕往來。

　　1845 年，伊麗莎白曾在一首論當代詩人的詩作裡，舉勃朗寧為例：「或者自勃朗寧摘取一些石榴，若自中間深剖，／會發現其心蘊含於血色殷然、經脈分明的人道精神中。」（勃朗寧曾出版一系列以「鐘與石榴」〔Bells and Pomegranates〕為題的劇作與詩集）。勃朗寧對伊麗莎白的作品一讀傾心，立即去函求見。在數次被拒之後，終於在該年五月初次晤面，一見傾心，第二天勃朗寧即展開求婚行動。經過十八個月的追求，終於在 1846 年排除萬難祕密結婚，並前往義大利定居。當然，伊麗莎白的父親也因此和她斷絕了關係。

　　她和勃朗寧在相戀期間所寫的情書，以及婚後互訴愛意的深情詩作，是她倆的愛情結晶，為英國文學史留下了動人的篇章。此處譯的兩首詩均選自她 1850 年出版的《葡萄牙人的十四行詩集》（Sonnets From the Portuguese）。這本詩集共收錄四十四首「佩脫拉克體」的十四行詩（「4 行 + 4 行 + 3 行 + 3 行」的結構），與《莎士比亞十四行詩集》同為英國的文學瑰寶。在此詩集，伊麗莎白傾吐她對愛的憧憬和惶恐，以及隨愛而生的憂喜悲歡等諸多矛盾情思，展現出女性詩人特有之細膩、深沉、纏綿、豐沛的情感，讀之令人動容。至於詩集為何以《葡萄牙人的十四行詩

集》為題，有幾種有趣的說法。據說「小葡萄牙人」是勃朗寧對伊麗莎白的暱稱，一方面因為她極為崇拜十六世紀葡萄牙詩人卡摩安思（Luiz de Camoens, 1524-1580），一方面因為她的頭髮和眼睛皆為褐色，再加上義大利的陽光曬黑了她的膚色，使她有如葡萄牙人。詩集標題背後所蘊含的不正是兩人的私密語言？

〈如果你一定要愛我〉是《葡萄牙人的十四行詩集》的第 14 首。她要的是純粹的愛，不為欣賞、疼惜、憐憫或其他任何原因的愛，因為沒有雜質的愛才可能臻永恆之境。詩人用祈使句強勢地為愛情本質下嚴格的定義，看似刻畫她心中理想的愛情藍圖，但從另一角度看，這或許是因身體殘疾而不敢接納愛情的伊麗莎白所使出的拒退對方的招數之一。詩題中「一定」二字的語氣，或許正隱含著要勃朗寧知難而退，別再苦苦追求了。

〈我如何地愛你？〉是詩集的第 43 首。詩人娓娓道出她對愛人深切的愛戀：她愛他至深、至高、至廣，如靈魂探索神恩入玄冥之境，如不可或缺的日常需求；她要用她賴以度過悲痛歲月的熱情和信念去愛他；她要用今生愛她，也希望在死後還愛他。勃朗寧的一往情深終於感動了伊麗莎白，她終於克服種種複雜心結接納他的愛，這首詩可說是她的深情告白，等同於她對勃朗寧求婚的欣然答應。多年來，起碼有六十個以上的作曲家為此詩譜過曲（此詩之令人喜愛，可見一斑），包括女作曲家芙麗爾（Eleanor Everest Freer）。美國作曲家羅倫（Ned Rorem, 1923-）在歌曲集《無形事物的形跡》（*Evidence of Things Not Seen*）中也譜了這首詩。

愛倫坡 （1809-1849）

安娜貝爾 · 李

那是很多很多年以前，
在一個濱海的王國裡，
住著一位你或許認識的少女，
名字叫安娜貝爾 · 李；
而這少女生命裡唯一想著的
就是愛我並且領受我的愛意。

我是個孩子，她也是個孩子，
在這個濱海的王國裡；
但我們以超乎愛的愛相愛著——
我和我的安娜貝爾 · 李；
這樣的愛招來六翼天使們
對她和我的妒忌。

Edgar Allan Poe (1809-1849)

Annabel Lee

It was many and many a year ago,
In a kingdom by the sea,
That a maiden there lived whom you may know
By the name of Annabel Lee;
And this maiden she lived with no other thought
Than to love and be loved by me.

I was a child and she was a child,
In this kingdom by the sea;
But we loved with a love that was more than love—
I and my Annabel Lee;
With a love that the winged seraphs of heaven
Coveted her and me.

這也是為什麼，在很久以前，
在這個濱海的王國裡，
一陣風自雲端竄出，凍壞了
我美麗的安娜貝爾·李；
於是她出身名門的親戚前來
從我的身邊把她領去，
將她幽禁於一座墓穴
在這個濱海的王國裡。

天使們，在天國沒有我倆一半快樂，
對她和我心生妒意——
是的！就是因為這樣（大家都知道，
在這個濱海的王國裡）
那陣風才會在夜裡自雲端竄出，
凍死了我的安娜貝爾·李。

但我們的愛遠勝過許多人的愛：
雖然他們年紀比我們多矣——

And this was the reason that, long ago,

In this kingdom by the sea,

A wind blew out of a cloud, chilling

My beautiful Annabel Lee;

So that her highborn kinsman came

And bore her away from me,

To shut her up in a sepulchre

In this kingdom by the sea.

The angels, not half so happy in heaven,

Went envying her and me—

Yes! that was the reason (as all men know,

In this kingdom by the sea)

That the wind came out of the cloud by night,

Chilling and killing my Annabel Lee.

But our love it was stronger by far than the love

Of those who were older than we—

雖然他們智慧比我們高矣——
無論是天使高居天國，
或者魔鬼幽潛於海底，
都無法將我們的靈魂分開，
我和我美麗的安娜貝爾‧李。

因為每次月亮照耀總讓我夢見
我美麗的安娜貝爾‧李；
只要星星升起我就想起她的明眸，
我美麗的安娜貝爾‧李。
如是，整個夜裡，我躺臥依偎著
我的愛，我的愛，我的生命，我的新娘，
在那座濱海的墓穴裡，
在她濤聲不絕的墓地。

Of many far wiser than we—
And neither the angels in heaven above,
Nor the demons down under the sea,
Can ever dissever my soul from the soul
Of the beautiful Annabel Lee.

For the moon never beams without bringing me dreams
Of the beautiful Annabel Lee;
And the stars never rise but I feel the bright eyes
Of the beautiful Annabel Lee;
And so, all the night-tide, I lie down by the side
Of my darling, my darling, my life and my bride,
In the sepulchre there by the sea,
In her tomb by the sounding sea.

譯者說／

　　愛倫坡（Edgar Allen Poe, 1809-1849），美國著名的詩人、小說家和評論家。他自幼父母雙亡（父母親為巡迴演出的演員），由富裕的艾倫夫婦領養。十八歲時，他出版第一本詩集。後來愛倫坡在就讀維吉尼亞大學時積欠了一大筆賭債，艾倫夫婦一氣之下召他回家，最後與他斷絕關係。在兩年的軍中服役以及西點軍校的短期訓練之後，愛倫坡在賓州擔任編輯，也勤於為報章雜誌寫稿。1836 年，他娶當時才十三歲的表妹維吉尼亞（Virginia）為妻，從此賣文糊口，為生活疲於奔波。1847 年，他的妻子病逝，他開始酗酒，兩年後被人發現死於巴爾的摩街頭，結束其短暫潦倒的一生。

　　愛倫坡的作品多半形式精美，文字洗鍊，技巧純熟，但他所選取的題材往往十分怪誕，營造出的氣氛也充滿陰鬱、神祕色彩，一種病態和陰森之美瀰漫其中。他喜歡在作品中探索人性的黑暗面，錯綜複雜的心理轉折，死亡的恐懼，靈魂輪迴等課題，他是第一個將短篇小說視為一獨立文體而提出創作理論的作家，曾經這樣描述他的藝術主張：「將滑稽提升到荒誕，將可怕發展成恐怖，將機智誇張成嘲諷，將奇特衍生成怪異和神祕。」1840 年，他出版了《述異集》（Tales of the Grotesque and Arabesque），大約收錄了七十個短篇故事，其中包含一系列私家偵探 C. Augyste Dupin 的辦案故事——如〈莫格街的謀殺案〉（The Murders in the Rue Morgue）、〈金甲蟲〉（The Gold Bug）——描寫辦案人員如何運用嚴密的邏輯推理以及心理的微妙變化破案，為愛倫坡贏得了「現代偵探小說之父」的封號。他的作品對美國和歐洲文學都有深刻的影響，而他的詩作以及關於「純粹詩」的理論，頗受法國詩人波特萊爾（Baudelaire）以及繼起的象徵主義及現代主義詩人們的推崇。

　　〈安娜貝爾‧李〉一詩寫於 1849 年，是愛倫坡終卷之作。愛倫坡在寫這首詩時，似乎知道這將是他的「天鵝之歌」。他寫此詩的步調異乎平

常，而且在 1849 年 5 月完成後，還謄寫了好幾份，供友人傳閱，似乎唯恐此詩會不受重視。他在演講中朗讀此詩，並將之售予 Sartain 文學與藝術雜誌社，但一直到 10 月 9 日，愛倫坡死後兩天，《紐約論壇報》才刊出此詩。

這首詩可說是他詩觀的另一次體現：悲傷和憂鬱是最動人的情感，而心愛之人死亡是最哀婉淒切的時刻。許多批評家認為此詩是愛倫坡悼念亡妻之作，詩中主角安娜貝爾・李正是愛倫坡妻子維吉尼亞的化身。愛倫坡與維吉尼亞貧賤相守，癡情相愛。詩中的「濱海的王國」象徵兩人構築的美好世界，而無端竄出的陰風和出身名門的親戚，則象徵將他倆拆散的殘酷現實。然而，即便死亡也無法終止他對她的情愛，他夜夜守著她濱海的墓穴，守著他心目中永遠的新娘。詩末「不絕的濤聲」不正是綿密思念的最佳寫照？

此詩雖是詩人真實生活的投射，但詩人將故事背景移至久遠久遠的一個王國，賦予故事奇異又淒美的童話色彩和異國情調。除了故事的元素之外，這首詩另一動人之處是其豐富的音樂性，偶數行皆押相同的韻，而讀來最具魔力的是每一節詩中反覆出現的那一聲聲低廻迷人的「安娜貝爾・李」。

愛倫坡的詩音樂性豐富，很多人將〈安娜貝爾・李〉譜成曲，古典、流行皆有，網路上都可以聽到，其中 Dž. Hobsa 作曲的無伴奏合唱版本特別動聽。另外還可以找到幾個不同趣味的朗讀版。

丁尼生 （1809-1892）

然後深紅的花瓣睡著了

然後深紅的花瓣睡著了，然後白色的；
宮殿外步道旁的柏樹不再搖曳；
斑岩噴泉裡金色的鰭不再閃爍；
螢火蟲醒來，你也跟著我醒來。

然後乳白的孔雀垂首彷彿幽靈，
彷彿幽靈她向我發出微弱的光。

然後大地躺著如戴納漪迎向星輝，
你的靈魂也全心全意向我開放。

然後寂靜的彗星繼續滑落，留下
閃光的犁溝，如你的思想，在我體內。

然後百合收攏起她所有的甜美，
偷偷溜進湖心深處。
所以卿卿，你也收攏起你自己，溜
進我的懷中並且在我體內溶失。

Alfred, Lord Tennyson (1809-1892)

Now Sleeps the Crimson Petal

Now sleeps the crimson petal, now the white;
Nor waves the cypress in the palace walk;
Nor winks the gold fin in the porphyry font;
The firefly wakens, waken thou with me.

Now droops the milk-white peacock like a ghost,
And like a ghost she glimmers on to me.

Now lies the Earth all Danaë to the stars,
And all thy heart lies open unto me.

Now slides the silent meteor on, and leaves
A shining furrow, as thy thoughts, in me.

Now folds the lily all her sweetness up,
And slips into the bosom of the lake.
So fold thyself, my dearest, thou, and slip
Into my bosom and be lost in me.

在寇特瑞茲山谷

沿著整個山谷，白沫飛濺的溪流，
你的聲音隨著夜色加深而變得更深沉，
沿著整個山谷，水流不舍晝夜，
三十二年前我與我所愛的人一同走過。
沿著整個山谷，當我今天走過其間，
三十二年彷彿一陣霧翻逝無蹤；
因為沿著整個山谷，在岩石疊疊的河床，
你活生生的聲音於我如死者的聲音，
而沿著整個山谷，在岩石，洞穴，樹木旁，
死者的聲音於我曾是活生生的聲音。

In the Valley of Cauteretz

All along the valley, stream that flashest white,
Deepening thy voice with the deepening of the night,
All along the valley, where thy waters flow,
I walked with one I loved two and thirty years ago.
All along the valley, while I walk today,
The two and thirty years were a mist that rolls away;
For all along the valley, down thy rocky bed,
Thy living voice to me was as the voice of the dead,
And all along the valley, by rock and cave and tree,
The voice of the dead was a living voice to me.

譯者說／

　　丁尼生 (Alfred, Lord Tennyson, 1809-1892)，英國桂冠詩人，1883 年受維多利亞女王冊封為男爵，幾乎經歷整個維多利亞時代，是其代表性作家。在劍橋大學就讀時，他有幾項獨特事蹟：養蛇當寵物，在寫詩比賽中得獎，未能取得學位。但是他在這段期間和亞瑟‧哈藍 (Arthur Hallam) 所建立的情誼，對他的一生和創作都具有深遠影響。哈藍於 1833 年突然中風去世，使丁尼生感情受到重創；他在後來的十年過著隱遁的生活，一方面思索死亡的深層意義，一方面鑽研詩藝，試圖用抽離、超然的角度去處理個人的憂傷和渴望。1842 年他的《詩集》出版，大有進步，頗獲好評；1847 年，長詩《公主》 (The Princess) 出版，講述一則以喜劇收場的浪漫愛情故事；1850 年，哀悼摯友哈藍，探討人生、心靈和宗教課題，抒發個人情思的輓歌系列詩作《悼念集》 (In Memoriam) 出版，奠定了他在文壇的地位。這一年，他終於如願和相戀十四年的 Emily Sellwood 結婚。1855 年，實驗色彩濃厚的長篇獨白詩劇《莫德》 (Maud) 出版，丁尼生說這是「小型的《哈姆雷特》」；1859 年到 1885 年間，他陸續完成長達十二卷的史詩鉅作《國王軼事》 (Idylls of the King)，故事取材於亞瑟王和他的圓桌武士，但是丁尼生除了敘事，也側重心理層面的描寫。

　　在維多利亞時代的讀者眼中，丁尼生不僅是文字創造者，作風獨特的個人，也是對政局、世事適時提出看法的智者。赫胥黎 (T. H. Huxley) 認為丁尼生是一名思想家，深諳當代的科學發展及其衍生出的問題。他心思縝密，著重知性思考，時間對人類的威脅、人類在地球上的處境、人類與自然和上帝的關係，都是他關注的課題。他的許多詩作雖是知性取向，但他對音韻和節奏的營造下過不少功夫，無怪乎奧登 (Auden) 稱讚他說：「在所有英國詩人當中，丁尼生擁有最好的耳朵。」朗讀他的詩，是一種音聲交響的動人經驗，也因此作曲家們很喜歡將他的詩譜成音樂。

〈然後深紅的花瓣睡著了〉擷自丁尼生長詩〈公主〉，英國作曲家奎爾特、布利頓，美國作曲家羅倫都曾將之譜成歌曲，廣受歡迎，奎爾特所作尤其動聽。富麗動人的性愛意象，披上靜謐而官能的聽覺、視覺與觸覺的描繪，具有令人難以抗拒的催眠效果。每一詩節都是一個場景的呈現，紅花、白花、柏樹、噴泉、魚、螢火蟲、孔雀、大地、流星、百合、湖泊等諸多美麗的意象輕柔地滑過眼前，為此詩營造出浪漫唯美的氣氛。當周遭萬物都在黑夜的魔力下睡著了、歇息了，愛人豈有拒絕對方求愛的理由？詩中「戴納漪」（Danaë）為希臘公主，被其父拘禁於鐵塔內以防追求者接近，不意天神宙斯仍成功地化作一陣金雨，親近了她。

〈在寇特瑞茲山谷〉是丁尼生五十一歲之作。寇特瑞茲（Cauteretz）是位於法國靠西班牙邊界庇里牛斯山區的美麗山谷，丁尼生曾於 1830 年與哈藍同遊此地；1861 年 8 月，丁尼生再次造訪，寫下了這首詩。丁尼生睹物思人，細聽山谷中的水流聲，回憶起逝去的友人，詩人對著山谷說：「你活生生的聲音於我如死者的聲音」；而逝去的友人並未真的消逝，他無所不在，始終在詩人心中流動，詩人想著亡友說：「死者的聲音於我曾是活生生的聲音」。這兩句迴旋行進的詩句宛如迴蕩山谷的回聲，反覆誦讀，我們彷彿跟著詩人回到了寇特瑞茲山谷，感覺到生與死，現在與過去在此有了美好的交集。

勃朗寧 (1812-1889)

當下！

你的漫漫一生，我只取片刻！
已消逝的你的過往人生，
未到臨的種種事情——都不要理會，
你只要完整地把握現在，以狂喜的
熱望，將之凝縮為完美的財產，
思想和情感和心靈和感官——
在瞬間融而為一，終於給了我一次
環繞著我的你，在我之下之上的你——
我，確然知曉，不管過去未來如何，
在一生中這滴答響起的一刻你愛我！
這樣的懸留能夠維持多久？啊親愛的，
永恆的片刻——那就是全部——
當我們緊緊抓住極樂之核心，
頰熱，臂張，眼閉，唇相遇！

Robert Browning (1812-1889)

Now!

Out of your whole life give but a moment!
All of your life that has gone before,
All to come after it,—so you ignore,
So you make perfect the present, condense,
In a rapture of rage, for perfection's endowment,
Thought and feeling and soul and sense—
Merged in a moment which gives me at last
You around me for once, you beneath me, above me—
Me, sure that, despite of time future, time past,
This tick of life-time's one moment you love me!
How long such suspension may linger? Ah, Sweet,
The moment eternal—just that and no more—
When ecstasy's utmost we clutch at the core,
While cheeks burn, arms open, eyes shut, and lips meet!

在平底輕舟上

首先，蛾之吻！
親吻我彷彿你讓我相信
你不太確定，今夜，
我的臉，你的花朵，已然將其
花瓣縮攏起來；所以，你
四處刷拭它，直到我明瞭
是誰想要我，我乃欣然大開。

現在，蜂之吻！
親吻我彷彿你愉悅地進入
我心，在某個正午，
一朵不敢拒絕別人所求的
花蕾，所以，全都讓出了！
而無抵抗地，我將其碎裂
之萼，彎向你的頭上入眠。

In a Gondola

The moth's kiss, first!
Kiss me as if you made me believe
You were not sure, this eve,
How my face, your flower, had pursed
Its petals up; so, here and there
You brush it, till I grow aware
Who wants me, and wide ope I burst.

The bee's kiss, now!
Kiss me as if you enter'd gay
My heart at some noonday,
A bud that dares not disallow
The claim, so all is render'd up,
And passively its shatter'd cup
Over your head to sleep I bow.

　　勃朗寧（Robert Browning, 1812-1889），英國維多利亞時代著名詩人。他出生於小康和樂的家庭，母親溫婉賢淑，是一名傑出的鋼琴家和虔誠的教徒；父親任職銀行並且經商，但喜歡文藝，能詩能畫，是勃朗寧拉丁文學的啟蒙老師。父親豐富的藏書讓早熟的勃朗寧度過了一個充滿文學氣息的童年，而母親為他購買的雪萊和濟慈的詩作帶領他進入全新的想像世界。勃朗寧的教育多半來自家庭，十四歲時已讀完五十冊的《大傳記》（Biographie Universelle），學會拉丁文、希臘文、法文、義大利文。十六歲時，進入倫敦大學就讀，後因學校所授無法滿足其旺盛求知慾，而決定輟學在家自修。除了知識的傳授，家庭教師還教他音樂、繪畫、拳擊、劍術。他曾在父親死前說：「我親愛的父親為我預備了最好的環境，讓我發揮所長……如果我未盡全力而辜負他的期望，那就太可恥了。」勃朗寧立志當詩人，應是父親的影響和栽培的結果。

　　飽覽群籍對勃朗寧未必是件好事，他龐雜的閱讀和知識體系使得讀者無法理解詩作中出現的艱深典故或引文，因而造成閱讀上的困難。1836年前後，他結識名演員 William Macready，陸續完成八個劇本，雖然人物刻畫不凡，可惜因缺乏故事性，詩意過濃，意義晦澀，無法得到觀眾的共鳴。1840 年，他的詩作《索戴洛》（Sordello）出版，同樣因為過於晦澀而未受好評。

　　1845 年，勃朗寧讀了伊麗莎白·芭瑞特（Elizabeth Barrett）的詩作，大為激賞，展開追求。伊麗莎白在當時頗負盛名，詩壇地位僅次於丁尼生和華滋華斯。儘管伊麗莎白長勃朗寧六歲，且長年臥病，儘管她父親嚴加反對，他倆仍然於 1846 年 9 月私訂終身，到義大利定居，直到 1861 年伊麗莎白去世為止。

　　1855 年，勃朗寧創作力達到高峰，詩集《男與女》（Men and Women）出版，成功地創造出全新的寫作風格：「戲劇獨白」（dramatic monologue）——透過隱藏的聽者的設計，詩中人的說話語氣得以有多重的轉折，也使得詩作更具戲劇張力。1862 年，他出版《詩合集》（Collected Poems）；1864 年，出版《劇中人物》（Dramatis Personae）。1868-69 年間，《指環與書》（The Ring and the Book）出版，大獲好評，使他的聲名直追丁尼生。1889 年，就在他去世當天，他最後一冊詩集《自遣集》（Asolando）出版。

　　勃朗寧終其一生執著所愛，寫出的情詩也自然散發出熾烈的情感，〈當下！〉這首詩即是一例。詩人以近乎吶喊的語調，對愛人表明心意：在愛情的國度裡，過去和未來都無關緊要，此刻才是一切。當兩情相悅、靈肉合一時，愛情便具有化剎那為永恆的神奇魔力。詩人以婉約的文字描寫性愛（「在瞬間融而為一，終於給了我一次／環繞著我的你，在我之下之上的你」），更耐人尋味。

　　〈在平底輕舟上〉一詩（選自 1842 年出版的《鐘與石榴：第三集》）描寫一對戀人的兩種親吻。詩人彷彿對著一想像的聽者說話，對方不同的動作讓他產生不同的情緒反應：對方先是輕輕一吻（「蛾之吻」），詩人因無法確知其心意而未敢敞開心胸接受（「將其花瓣縮攏起來」）；接著對方給予熱情的「蜂之吻」，詩人最後無法抗拒地屈服了（「我將其碎裂／之萼，彎向你的頭上入眠」）。美國作曲家羅倫曾將此詩譜成曲，收在其 1963 年出版的《六首為高音歌手的歌》裡。

惠特曼（1819-1892）

噢，褐臉的草原男孩

在你入營之前，許多禮物送到；
讚辭和禮品送到，還有營養品——直到最後，在補
　充兵中，
你來到，沉默不語，沒送什麼禮物——我們只不過
　彼此對望，
這一望啊！勝過世間所有禮物，是你送的。

Walt Whitman (1819-1892)

O Tan-Faced Prairie Boy

Before you came to camp, came many a welcome gift;
Praises and presents came, and nourishing food—till at last,
   among the recruits,
You came, taciturn, with nothing to give—we but look'd on
   each other,
When lo! more than all the gifts of the world, you gave me.

美麗的泳者

我看到一俊秀魁梧的泳者裸身游過海中的漩渦，
他褐色的頭髮勻整地貼於頭上，他揮臂奮力游出，
　用雙腿挺進，
我看到他白色的身體，我看到他無懼的眼睛，
我痛恨湍急的漩渦，那會使他一頭撞上岩塊。

你們在做什麼，你們這些滴紅不斷的兇殘的海浪？
你們可會殺害那勇猛的巨人？你們可會殺害正值壯
　年的他？

他穩定又持久地奮力游著，
受阻，遭撞擊，瘀青，他苦撐直到力竭。
急速拍擊的漩渦血跡斑斑，它們捲走他，滾動他，
　搖晃他，翻轉他，
他美麗的軀體被捲入迴旋的浪，不時因撞擊岩塊而
　瘀青，
勇敢的屍體很快地被帶出了我的視線。

The Beautiful Swimmer

I see a beautiful gigantic swimmer swimming naked
    through the eddies of the sea,
His brown hair lies close and even to his head, he strikes
    out with courageous arms, he urges himself with his legs,
I see his white body, I see his undaunted eyes,
I hate the swift-running eddies that would dash him
    head-foremost on the rocks.

What are you doing you ruffianly red-trickled waves?
Will you kill the courageous giant? will you kill him in
    the prime of his middle-age?

Steady and long he struggles,
He is baffled, bang'd, bruis'd, he holds out while his
    strength holds out,
The slapping eddies are spotted with his blood, they bear
    him away, they roll him, swing him, turn him,
His beautiful body is borne in the circling eddies, it is
    continually bruis'd on rocks,
Swiftly and out of sight is borne the brave corpse.

一瞥

透過縫隙匆匆一瞥，

一群工人和駕駛在酒吧間，圍繞著爐火，在某個冬
　　日深夜——而我坐在角落不發一語；

一名年輕人，我們彼此相愛，默默地走近，在我身
　　旁坐下，好握著我的手，

良久，在來來去去，飲酒，咒罵和淫穢笑話的嘈雜
　　聲中，

我們兩人，知足，快樂地在一起，很少開口，也許
　　一句話也沒說。

A Glimpse

A glimpse, through an interstice caught,
Of a crowd of workmen and drivers in a bar-room,
    around the stove, late of a winter night—And I
    unremark'd seated in a corner;
Of a youth who loves me and whom I love, silently
    approaching, and seating himself near, that he may
    hold me by the hand,
A long while amid the noises of coming and going, of
    drinking and oath and smutty jest,
There we two, content, happy in being together,
    speaking little, perhaps not a word.

譯者說／

　　惠特曼（Walt Whitman, 1819-1892），十九世紀美國傑出詩人。出身貧農之子，為了謀生，他曾當過律師事務所的差役，木匠，排版工人和鄉村教師，這些工作無疑是他日後創作題材的重要來源。1855年，他自己排字出版《草葉集》（Leaves of Grass），收錄十二首詩，沒有作者署名，只在扉頁印上作者的畫像（蓄鬍，頭戴寬邊帽，襯衫衣領敞開，斜著頭，左手插放褲袋，右手扠腰），卻被當時的評論家譏為「雜草」，列為不道德的書刊。1892年第九版印行時，詩作已增至三百八十三首。這本書是他一生智慧的結晶，是詩歌題材和形式的解放，也是民主精神的象徵。在這本詩集裡，他以平易的文字，熱烈的情感，和清新豪放的詩風，高唱詩歌解放（以不押韻、不講求音步的自由詩體創作），宣揚平等的理念，謳歌民主與自由；他揭露社會的弊端，也探索內心的情感；他讚美大自然，以及勞動者身上所散發出來的力與美；他對身處社會底層飽受壓迫的廣大人民有著悲憫之心，並誓言做他們的精神後盾。

　　這本詩集是他「用十五年的時間吸收百萬人民的熱情與意志」寫成，而綠色的草葉正象徵無窮的希望，旺盛的生命力，也象徵發自民間樸拙的聲音。在〈自我之歌〉（Song of Myself）裡，他是這樣定義「青草」的：它是「用希望的綠色絲線織成的我意念的旗幟」；它是「神致贈的手帕」；它是「孩子」，「由植物生成的赤子」，發芽於寬闊和狹窄之地，也生長於黑人和白人之間；它是「統一的象形文字」；它是「墳墓上長出未經修剪的美髮」；它生長於年輕人胸膛，也生長於母親懷裡的嬰孩身上；它是「喋喋不休的舌頭」；它是與死亡對抗的力量。惠特曼的「自我」是身體健美、靈魂清澄的個體，是涵蓋各種膚色、地域、職業、性別、社會階層、宗教信仰的個體，是崇尚民主自由、神聖不可侵犯的個體。惠特曼的「自我」其實就是植根於土地上的每個人。

除了歌頌自由、民主、平等，惠特曼也歌頌友愛和同志之愛，歌頌肉體與性愛，因為對他而言，這些都是出自本性又合乎自然的事物。此處譯的三首情詩或以隱晦曖昧的情愫，或以愛戀深情的筆觸，書寫男性的肉體和男性之間的情愛，呈現出惠特曼詩作獨特但同樣動人的一面。

　　在〈美麗的泳者〉一詩，惠特曼描寫一名泳者與惡浪搏鬥、終至溺斃的過程。赤裸的身軀在海中飽受摧殘，詩人卻用「美麗」去形容他的身體，用「勇敢」去形容他的屍體，「美麗」和「勇敢」或許正代表一種與死亡或強權抗衡的悲壯的美感。〈噢，褐臉的草原男孩〉寫兩名男子無聲地對望，筆觸清淡卻見真情。讀〈一瞥〉時，腦海裡會出現彷彿停格的畫面：在喧鬧的酒吧裡，兩名男子雙手交握，默默無語卻感到知足快樂。這一動一靜之間的對比，增添了詩的戲劇性。戀人們構築的小宇宙足以對抗外在紛擾的大世界，是常見的情詩主題，而在這首詩裡，惠特曼或許也想傳遞類似的主題，然而一如詩末對那對同性戀人的描述：「很少開口，也許一句話也沒說」，惠特曼以呈現代替說理，留給讀者很大的想像空間。

　　〈一瞥〉一詩曾由有「美國舒伯特」之稱的作曲家羅倫譜成歌，為其歌曲集《無形事物的形跡》中的一首。

阿諾德 (1822-1888)

渴望

來入我夢，天明時
我將重新獲得安適！
如此讓夜償付白日裡
無望之渴望的本息。

來吧，你已來過千回，
來自輝朗風土的使者，
把笑容送給你的新天地，
讓我領受別人得到的善意！

或者，因你從未真來過，
你就來吧，讓我的夢成真，
撥我的頭髮，吻我的額頭，
說，愛人啊，何事難受？

來入我夢，天明時
我將重新獲得安適！
如此讓夜償付白日裡
無望之渴望的本息。

Matthew Arnold (1822-1888)

Longing

Come to me in my dreams, and then
By day I shall be well again!
For so the night will more than pay
The hopeless longing of the day.

Come, as thou cam'st a thousand times,
A messenger from radiant climes,
And smile on thy new world, and be
As kind to others as to me!

Or, as thou never cam'st in sooth,
Come now, and let me dream it truth,
And part my hair, and kiss my brow,
And say, My love why sufferest thou?

Come to me in my dreams, and then
By day I shall be well again!
For so the night will more than pay
The hopeless longing of the day.

多佛海濱

今夜海上平靜，
潮水滿漲，月色皎皎
臨照海峽；——在法國沿岸，塔燈
一閃隨即消失；英格蘭的懸崖屹立，
龐大的身影隱約凸顯於寧靜的海灣。
到窗口來吧，夜風正甜美！
只是，從大海與月白的陸地
相接處，那一條浪花的長線，
你聽！你聽到那刺耳的喧聲，
那是海浪把石子捲回去，又回頭
拋出，拋到高高的海岸上，
開始，停止，又重新開始，
以舒緩顫動的節奏，迎進
永恆的悲調。

莎孚克利斯許久以前
在愛琴海邊聽到這聲音，讓他
心中升起人類苦難混濁的
潮起潮落；我們
在這遙遠的北海邊聆聽，

Dover Beach

The sea is calm to-night.
The tide is full, the moon lies fair
Upon the straits;—on the French coast the light
Gleams and is gone; the cliffs of England stand,
Glimmering and vast, out in the tranquil bay.
Come to the window, sweet is the night-air!
Only, from the long line of spray
Where the sea meets the moon-blanch'd land,
Listen! you hear the grating roar
Of pebbles which the waves draw back, and fling,
At their return, up the high strand,
Begin, and cease, and then again begin,
With tremulous cadence slow, and bring
The eternal note of sadness in.

Sophocles long ago
Heard it on the Aegean, and it brought
Into his mind the turbid ebb and flow
Of human misery; we
Find also in the sound a thought,

也在這聲音裡聽到一種思想。

信仰之海
也曾一度滿盈，把大地環抱，
像一條明亮的腰帶。
可是現在我只聽見
它憂鬱，冗長，退落的咆哮，
隨著夜風的呼吸，
退到世界廣袤荒涼的邊緣，
以及赤裸裸的沙灘。

啊，愛人，讓我們
彼此忠誠！因為這世界，雖然
橫在我們眼前像一塊夢土，
如此繁複，如此美麗，如此新穎，
事實上卻沒有歡樂，沒有愛，沒有光，
沒有真確，和平，沒有鎮痛之方；
我們在這裡，像在昏暗的平原，
飽受爭鬥與逃逸的混亂驚擾，
無知的軍隊在夜裡互相衝撞。

Hearing it by this distant northern sea.

The Sea of Faith

Was once, too, at the full, and round earth's shore

Lay like the folds of a bright girdle furl'd.

But now I only hear

Its melancholy, long, withdrawing roar,

Retreating, to the breath

Of the night-wind, down the vast edges drear

And naked shingles of the world.

Ah, love, let us be true

To one another! for the world, which seems

To lie before us like a land of dreams,

So various, so beautiful, so new,

Hath really neither joy, nor love, nor light,

Nor certitude, nor peace, nor help for pain;

And we are here as on a darkling plain

Swept with confused alarms of struggle and flight,

Where ignorant armies clash by night.

譯者說╱

　　阿諾德（Matthew Arnold, 1822-1888），英國維多利亞時代的重要詩人和評論家。他受父親影響至深。父親原任牧師，致力於宗教改革運動，同時也是知名的歷史學家，後被選為勒格貝（Rugby）學校校長，辦校成績斐然，是當時教育史上的佳話。牛津大學畢業後，阿諾德先在父親的學校擔任古典文學副教授；父親去世後，他轉往牛津任研究員；一年後，轉任蘭斯頓爵士的私人祕書。

　　1849 年和 1852 年，他的前兩本詩集出版，雖然詩體創新，但因詩作嚴肅沉悶，過於艱澀難懂，被評為「不合時宜」。曾有人猜測阿諾德詩風沉鬱可能與失戀的經驗有關，他在大學時代曾對兩位法國女性有強烈愛慕之意，一為法國名伶拉舍爾（Rachel），一為著名作家喬治・桑（George Sand），而出現於他在詩中的瑪格麗特（Marguerite）據稱也是一名法國女子。1851 年，阿諾德娶法官之女為妻之後，在教育局擔任督學，曾赴多國考察，公務繁忙使他詩作日減，轉而從事散文的寫作；1857 到 1867 年間，他獲聘牛津大學詩學教授，每年發表三次演說，以詩論、宗教、政治、社會、文化為題。阿諾德的評論文章有許多就是由這些講稿整理而成，故其文體嚴肅中常具親和力。他認為詩應該是人生的批評，具有道德和教化的功能，主張以詩歌代替宗教信仰，讓人們在信仰逐漸式微的時代能藉此建立新的信念，獲得心靈慰藉。這樣的詩觀或多或少也體現於他最有名的情詩〈多佛海濱〉。

　　〈多佛海濱〉寫於 1851 年，收錄於 1867 年的《新詩集》（New Poems）。此詩頗有「戲劇獨白」的效果，雖然只有一個說話者，但讀者清楚地感覺到他說話的對象的存在。詩人也許和愛人或妻子下榻於英國東南部多佛海濱的一間旅店，他呼喚她到窗口來，和他一起欣賞海景，聆聽海聲。然而在海浪捲石週而復始的聲響中，詩人聽到了「永恆的悲調」。他的心靈視野不斷拓展，空間從英國海濱橫跨英吉利海峽到法國、然後跨

越歐洲到希臘愛琴海，時間則由十九世紀中期逆向回到古希臘時代。他想像自己和古希臘劇作家莎孚克利斯（497?- 406 B.C.）聽到的海浪聲有著同樣的悲調——那是人類在苦難人世翻滾掙扎所發出的亙古不變的哀歌。海水在此詩有著雙重的象徵：退潮之後石礫裸露的海灘成了信仰喪失、價值觀闕如的象徵；滿潮之海則象徵人類信仰與價值觀皆備的年代。那光明的年代曾經存在，而今只剩偶而閃現的假象（「橫在我們眼前像一塊夢土……／事實上卻沒有歡樂，愛情，光明……」）。在詩末，詩人再次呼喚身旁的愛人，告訴她在紛亂擾攘的世界（猶如軍隊在昏暗平原交戰陷入混亂），真誠的愛情是他們可以依恃的最後堡壘。此刻讀者彷彿看到在戰亂的年代一對戀人緊牽著對方的手，深怕在戰火中彼此走失了。這首詩以平靜的語調開始，以哀傷的語調結束，溫柔抒情的底下是動盪的情緒變化，雖然整首詩只出現一句短短的愛的呼喚，但支持它的卻是深刻宏觀的思想。這是一首「立足多佛海灘，放眼世界」的視野寬廣的情詩。

和〈多佛海濱〉相較，〈渴望〉則是一首愛的小詩。詩人請求她心愛的人兒夜裡入其夢鄉，好讓他一償白日無法達成的願望。他不敢奢求她只愛他一人，只謙卑地請求她布施善意時，不要厚彼薄此，而他要的不多，只要一句親切的關懷。這首詩的第一節在第四節時反覆出現，彷彿再次叮嚀，暗示詩人渴望之強烈，深恐愛人忘了他的祈求，具有迴旋曲或搖籃曲的優美律動。

美國作曲家巴伯（Barber）曾將〈多佛海濱〉譜成絃樂伴奏的歌曲，〈渴望〉則被 Somervell、Bridge 等十餘作曲家譜過曲。

羅塞蒂 (1828-1882)

頓悟

我曾經來過這裡，
何時，如何卻說不出：
我記得門外的草地，
濃郁的香味，
岸邊的燈火，聲聲的嘆息。

你曾經屬於我——
多久以前我並不知：
但剛才當你轉頭搜索
那飛燕之姿，
有面紗落下——這一切我早見過。

是否真有過這樣的情景？
時間的飛旋因此不就會時時
恢復我們的生命和愛情，
不理會死，
日日夜夜再一次給我們歡欣？

Dante Gabriel Rossetti (1828-1882)

Sudden Light

I have been here before,
But when or how I cannot tell:
I know the grass beyond the door,
The sweet keen smell,
The sighing sound, the lights around the shore.

You have been mine before,—
How long ago I may not know:
But just when at that swallow's soar
Your neck turned so,
Some veil did fall,—I knew it all of yore.

Has this been thus before?
And shall not thus time's eddying flight
Still with our lives our love restore
In death's despite,
And day and night yield one delight once more?

譯者說／

　　羅塞蒂（Dante Gabriel Rossetti, 1828-1882），英國維多利亞時代繼勃朗寧和阿諾德之後的傑出詩人，在文學史和美術史上都佔有一席之地。未曾到過義大利的他具有義大利血統，義大利文是他的母語。父親原為義大利愛國志士和學者，因政治因素流亡英國，擔任皇家學院義大利文教授。羅塞蒂對政治並不熱中，反而在詩和繪畫方面表現傑出。他崇拜但丁，曾翻譯過但丁的《新生》，也受到布萊克、濟慈、勃朗寧、愛倫坡等詩人的影響。1848 年 9 月，他和六位志同道合的藝術家成立「前拉斐爾派兄弟會」（Pre-Raphaelite Brotherhood）；1850 年，創辦《萌芽》（The Germ）雜誌，雖然只出刊四期，但影響深遠。他們的宗旨是「回歸自然」，主張恢復拉斐爾之前的義大利藝術特質：崇尚自然，直接從自然汲取創作題材，重視自然的一切細節，拒絕人為的裝飾性濃厚的傳統形式。中古世紀的浪漫情調和神祕的宗教氛圍令羅塞蒂著迷，他將詩與畫結合，因此他的畫中有詩，詩中有畫。但他的詩作密度極高，情思複雜，充滿神祕幻想的色彩，有時具有超現實的特質，並不易讀。

　　1860 年，羅塞蒂和他的畫像模特兒伊麗莎白・悉達爾（Elizabeth Siddal）在相戀十年後結婚，不過婚後一年，原本患有肺結核的伊麗莎白便因服用鴉片過量而過世，羅塞蒂以其全部的詩稿作為陪葬，1869 年才在友人的勸說下將之自墓中掘出。1870 年，他的第一本詩集《詩集》（Poems）出版，收錄他的許多早期名作，如〈升天的少女〉（The Blessed Damozel），和〈我妹妹睡著了〉（My Sister's Sleep）。此本詩集所展現的唯美主義的色彩，神祕主義的氣氛，和官能性強烈的詩風受到熱烈的討論，保守派評論家羅勃・布坎南（Robert Buchanan）提出強烈譴責，將羅塞蒂和史溫本（Swinburne）以及莫里斯（Morris）歸類為「肉慾詩派」。羅塞蒂雖寫了文章回應，不過卻因此罹患被迫害妄想症。除了伊麗莎白之外，羅塞蒂另有兩名紅粉知己，一為在其妻死亡後與他同居的芳妮・康佛

斯（Fanny Cornforth），一為好友之妻珍妮・伯頓（Jane Burden），在他的畫作與詩作都曾出現她們的影像。

〈頓悟〉一詩也是其早期作品，寫於 1854 年，發表於 1863 年。在第一節，詩人透過視覺、嗅覺、聽覺等意象呈示外在的景象（「門外的草地」，「濃郁的香味」，「岸邊的燈火」，和「聲聲的嘆息」），眼前所見他似曾相識，但是這一切究竟是夢是真，他竟無從分辨。第二節由景入情。眼前與他同遊，為他所愛的女子，似乎早在從前就曾屬於他；那「飛燕之姿」，那面紗落下的動作，那戀情，歷歷在目，但那究竟是很久以前的往事還是剛剛才發生的，他也無從判別。在最後一節，詩人想：這一切果真是過去（或前生）情景的重現的話，那麼他與她今日同遊、相愛的甜蜜，也將隨著時間的「飛旋」，在未來（或來世）重現；這樣，死亡就微不足道了。整首詩籠罩在不確定的氛圍裡，讓讀者感受到一種恍惚之美。時間是「飛旋」的，是週而復始的——這樣的說法和佛教「輪迴」的觀念相通，使得全詩呈現一種跨越生死、銜接來世今生的神祕感。

狄瑾蓀 （1830-1886）

心啊，我們要忘了他

心啊，我們要忘了他！
你和我——今晚！
你可以忘記他給的溫暖——
我要把那光遺忘！

當你完成後，請告訴我
好讓我立刻動手！
快哪，免得你遲緩拖延
我又把他想起！

Emily Dickinson (1830-1886)

Heart! We Will Forget Him!

Heart! We will forget him!
You and I—tonight!
You may forget the warmth he gave—
I will forget the light!

When you have done, pray tell me
That I may straight begin!
Haste! lest while you're lagging
I remember him!

暴風雨夜

暴風雨夜！暴風雨夜！
有你相伴，
暴風雨夜對我們就是
福地洞天！

風吹不到
已入港停泊的心——
不再需要羅盤，
不再需要航海圖。

划行於伊甸園！
啊！大海！
今晚我只想把船繩
繫在你的胸懷！

Wild Nights

Wild nights! Wild nights!
Were I with thee,
Wild nights should be
Our luxury!

Futile the winds
To a heart in port,—
Done with the compass,
Done with the chart.

Rowing in Eden!
Ah! the sea!
Might I but moor
To-night in thee!

靈魂選擇自己的伴侶

靈魂選擇自己的伴侶——
而後——將門一關——
對她神聖的優勢群體——
勿再引薦——

無動於衷——她看到馬車——停歇於
她低矮的門旁——
無動於衷——君王屈膝
她的席墊之上——

我知道她——自廣大的國度——
擇一為伴——
然後——將注意力的活門栓住——
石頭一般——

The Soul Selects Her Own Society

The Soul selects her own Society—
Then—shuts the Door—
To her divine Majority—
Present no more—

Unmoved—she notes the Chariots—pausing—
At her low Gate—
Unmoved—an Emperor be kneeling
Upon her Mat—

I've known her—from an ample nation—
Choose One—
Then—close the Valves of her attention—
Like Stone—

愛情——你很高

愛情——你很高——
我無法爬上你——
但，如果有兩人——
除了我們有誰知——
輪番上陣——在欽博拉索山頂——
公爵般——終於——與你並立——

愛情——你很深——
我無法越過你——
但，如果有兩人
而不是一人——
划手與輕舟——某個至高無上的夏天——
誰知道——我們將抵達太陽？

愛情——你蒙著面紗——
一些人——得見你的容顏——
微笑——變化——癡語——而後死去——
極樂——將成古怪東西——如果少了你——
被上帝暱稱為——
永恆——

Love—Thou Art High

Love—thou art high—
I cannot climb thee—
But, were it Two—
Who know but we—
Taking turns—at the Chimborazo—
Ducal—at last—stand up by thee—

Love—thou are deep—
I cannot cross thee—
But, were there Two
Instead of One—
Rower, and Yacht—some sovereign Summer—
Who knows—but we'd reach the Sun?

Love—thou are Veiled—
A few—behold thee—
Smile—and alter—and prattle—and die—
Bliss—were an Oddity—without thee—
Nicknamed by God—
Eternity—

我的生命在結束前關閉過兩次

我的生命在結束前關閉過兩次——
它依舊等著想看
是否永恆會為我
揭露第三次事件。

如此巨大，如此難以想像，
就像前兩次發生過的一樣。
離別是我們對天堂認知的全部，
也是我們所需知曉的地獄全貌。

My Life Closed Twice Before Its Close

My life closed twice before its close—
It yet remains to see
If Immortality unveil
A third event to me

So huge, so hopeless to conceive
As these that twice befell.
Parting is all we know of heaven,
And all we need of hell.

愛情受到打擊了

愛情受到打擊了,「why」
是它唯一能說的——
只由一個音節構成,
破碎的最巨大的心。

     ·

Love's Stricken

Love's stricken, "why"
Is all that love can speak—
Built of but just a syllable
The hugest hearts that break.

失去你──

失去你──比得到其他所有
我認識的人更令人愉悅。
沒有錯，乾旱讓人貧瘠，
但，我有露珠！

裏海也有其沙之領域，
海的另一個領域。
沒有這項不毛的額外津貼，
裏海就不成為裏海。

To Lose Thee—

To lose thee—sweeter than to gain
All other hearts I knew.
'Tis true the drought is destitute,
But then, I had the dew!

The Caspian has its realms of sand,
Its other realm of sea.
Without the sterile perquisite,
No Caspian could be.

譯者說／

　　狄瑾蓀（Emily Dickinson, 1830-1886）是美國女詩人。她一生幾乎都在麻薩諸塞州安默斯特鎮（Amherst）家中度過，在女子學院就讀一年後，即因想家和健康問題輟學。在她五十六年生命中，這段短暫的求學生涯，以及幾趟波士頓、費城、華盛頓之行，是她僅有的離家時刻。隨著年歲日增，狄瑾蓀的生活更形隱遁，幾乎足不出戶：她不再上教堂，待在房間寫詩的時間越來越長。狄瑾蓀似乎安於這樣的生活，也自得其樂。她曾在一篇短文裡寫道：「我在生活中找到狂喜，光是活著的感覺就足以讓人歡喜。」她死後，家人依其吩咐將她葬於住家視線範圍內的墓園。

　　狄瑾蓀一生共寫了一千七百七十五首詩，但在世時只發表過七首。她死後，家人在閣樓發現她的詩稿──若干本用針線縫合的小本詩冊。1890年到二十世紀中葉，她的親朋好友陸續將其詩結集成冊，出版了九本，卻將若干詩作改寫或變更標點符號。一直到 1955 年，她的詩全集（由 T. H. Johnson 編輯）才得以最佳面貌問世。

　　雖然出身父權至上的保守家庭（父親為知名律師，擔任過國會議員），狄瑾蓀悄悄構築自己的世界，反叛精神在詩中依稀可見。她文體簡潔有力，感情坦率強烈，雖然多從日常生活取材，但敏銳的觸角使她能自其中創造耐人玩味的意涵。她寫自然景象、家居生活、日常雜感，對人類情感、死亡、人生價值的探索也頗感興趣。詩中所呈現的獨創手法、感官經驗及心理深度，是她成為十九世紀重要詩人的主因。狄瑾蓀終身未嫁，但應該曾和至少一位以上的男士（譬如父親的助理紐頓，以及牧師魏德斯）發展出浪漫關係。狄瑾蓀情感對象究竟是誰，或許永遠無法為人得知，但我們可以從她留下的若干影射私密情感的詩作去感受她曾經散發的熱情。

　　此處選譯的幾首情詩，或可讓我們一窺她平靜生活底下暗潮洶湧的情感世界。〈暴風雨夜〉一詩浪漫地刻繪與愛人共築的愛的避風港：不但無懼狂風暴雨，反而覺得身處伊甸園。〈靈魂選擇自己的伴侶〉一詩讓我

們領略詩人執著的愛情觀。一旦心有所屬，則心房關閉，容不下其他任何人，絕不因利誘或權勢而改變初衷。這樣的愛情堅定如金石，本質上幾乎是一則愛情神話。而在〈愛情──你很高〉（詩中欽博拉索山是厄瓜多最高峰），狄瑾蓀認為愛情高高在上又深不可測，但她相信只要兩人有心，愛情的極限是可以挑戰的。然而她並不因此天真地信仰愛情，她以為人類是難以窺見愛情（「蒙著面紗」）之全貌的。她也曾為愛所苦，在〈我的生命在結束前關閉過兩次〉一詩，她就以「死亡」暗喻痛苦的失戀經驗。在詩的最後兩行，她為天堂和地獄這兩個一般人認為全然相反的事物找到了交集：離別。要升上天堂，勢必得告別愛人與親人，然而離別或失去至愛的痛苦卻使人有如置身地獄。失去了愛情，讓死後的永恆有了缺憾（「極樂──將成古怪東西──如果少了你」）。〈愛情受到打擊了〉一詩短短四行，卻傳達出對失戀心情的理解，讀者可以將「why」這個單音節字無限擴展成各種問句，相信每個問句都可能是對愛情變質的不解或不甘。要如何面對失戀，狄瑾蓀可是有獨門祕方的。在〈心啊，我們要忘了他〉一詩，她和「她的心」密謀今晚就展開行動，速戰速決幹掉過去的甜蜜回憶。在〈失去你〉一詩，她發揮高度的阿Q精神，宣稱失去愛人反而獲益更多，因為這次不美好的體驗使她得以更圓融的角度去看待人生（「乾旱讓人貧瘠，／但，我有露珠」），使她的人生得以完滿（一如少了沙子，「裏海就不成為裏海」了）。

　　美國作曲家柯普蘭（Aaron Copland）曾譜過〈心啊，我們要忘了他〉，收在其歌曲集《十二首狄瑾蓀詩》裡。亞當斯（John Adams）則將〈暴風雨夜〉譜為其合唱作品《簧風琴》（Harmonium）中的第三樂章。羅倫譜過〈愛情受到打擊了〉。〈我的生命在結束前……〉則有 Ernest Gold、Ezra Laderman 之曲。

克莉絲汀娜・羅塞蒂 (1830-1894)

第一天

但願我能記得你遇見我的
第一天，第一個小時，第一刻，
那季節是明亮或暗晦，可能是
夏天或冬天，我已難說。
它悄然流失，我一無所記，
我太無知，不能看見或預見，
我太遲鈍，沒注意到我這樹的
蓓蕾還要許多年才能開成花朵。
如果我能回想起它，這眾日中
特別的一日，該多好！我任它
來去無蹤，彷彿舊雪消融。
當時看來微不足道的竟如此重要！
但願此刻我能記起那一觸，
手與手的第一觸！──當時卻不懂！

Christina Rossetti (1830-1894)

The First Day

I wish I could remember the first day
First hour, first moment of your meeting me,
If bright or dim the season, it might be
Summer or winter for aught I can say.
So unrecorded did it slip away,
So blind was I to see and to foresee,
So dull to mark the budding of my tree
That would not blossom for many a May.
If only I could recollect it! Such
A day of days! I let it come and go
As traceless as a thaw of bygone snow.
It seemed to mean so little, meant so much!
If only now I could recall that touch,
First touch of hand in hand!—Did one but know!

歌

當我死時，最親愛的，
不要為我唱悲傷的歌；
不要在我頭上種玫瑰，
或者成蔭的絲柏。
讓覆蓋我的青草
常沾雨絲和露滴；
你願意記得，就記得，
你願意忘記，就忘記。

我將不再看到陰影，
我將不再感到雨涼，
我將不再聽到夜鶯
彷彿哀吟的歌唱；
在既不升也不降的
薄暮中幽幽進入夢裡：
也許，我會記得，
也許，我會忘記。

Song

When I am dead, my dearest,
Sing no sad songs for me;
Plant thou no roses at my head,
Nor shady cypress tree:
Be the green grass above me
With showers and dewdrops wet;
And if thou wilt, remember,
And if thou wilt, forget.

I shall not see the shadows,
I shall not feel the rain;
I shall not hear the nightingale
Sing on, as if in pain:
And dreaming through the twilight
That doth not rise nor set,
Haply I may remember,
And haply may forget.

記得

記得我，當我離去之後，
遠離而去到沉默的國度；
當你不能再把我的手握住，
我也不能轉身要走又徘徊欲留，
記得我，當你不能再日日
告訴我你計畫的我們的未來：
只要記得我；你知道，到那時
一切勸告或祈求都已太遲。
然而，不要悲傷，如果你
短暫忘了我而隨後又記得：
因為，如果黑暗和腐朽留下
一道我先前心思的痕跡，
寧願至此你已忘記而微笑，
也不願你因為記得而悲傷。

Remember

Remember me when I am gone away,
Gone far away into the silent land;
When you can no more hold me by the hand,
Nor I half turn to go, yet turning stay.
Remember me when no more day by day
You tell me of our future that you plann'd:
Only remember me; you understand
It will be late to counsel then or pray.
Yet if you should forget me for a while
And afterwards remember, do not grieve:
For if the darkness and corruption leave
A vestige of the thoughts that once I had,
Better by far you should forget and smile
Than that you should remember and be sad.

譯者說／

　　克莉絲汀娜・羅塞蒂（Christina Rossetti, 1830-1894），羅塞蒂之妹，也是英國知名女詩人。受到兄長羅塞蒂的啟蒙，她十二歲即開始發表詩作。雖然她的作品也具有抒情性、神祕性，以及憂鬱、象徵的色彩，不過在個性與詩風上和羅塞蒂仍有明顯的不同：羅塞蒂的作品細膩艱澀，她的作品則明朗清新，用字樸實哀婉；羅塞蒂側重感官唯美的描寫，她則歌讚虔誠、靈魂之美；羅塞蒂假借宗教題材呈現現實面貌，她則抱持宗教狂熱，期盼超越現世。她曾和兩名有才華的男士發生戀情，但因為宗教信仰或理念的不同而拒絕對方的求婚。她的生活和交友圈狹隘，大半生都獻身教會和慈善工作。雖然生活經驗的匱乏使她的作品主題多半侷限於心情的抒發和性靈的追求，但是她的文字優美，想像力豐富，詩作頗具獨創性，著名女作家維吉尼亞・吳爾芙（Virginia Woolf, 1882-1941）就曾稱許她說：「在英國女詩人中，克莉絲汀娜・羅塞蒂應居首位。她的歌唱有時像知更鳥，有時像夜鶯。」

　　1862 年，她的詩集《小妖精的市集和其他》（Goblin Market and Other Poems）出版。〈小妖精的市集〉是一首象徵意味濃厚的寓言詩，藉由一群妖怪向兩姊妹兜售罪惡之果實的過程，描述人性中善與惡、天真與世故、享樂與道德、貞潔與肉慾之間的交戰。1866 年，《王子的行程及其他》（The Prince's Progress and Other Poems）出版，再次呈現嚮往人世享樂與渴望性靈生活的內心衝突。1872 年，《歌唱集》（Sing-Song）出版，這是為兒童而作的詩小品集，文字淺顯，充滿天真的情懷。1881 年，《化妝遊行及其他》（A Pageant and Other Poems）出版，其中收錄一系列十四行詩，描述一名女子放棄凡俗之愛追求神聖之愛的心路歷程，應是克莉絲汀娜自我的情感寫照。1896 年，《新詩集》（New Poems）出版，她在其中一首詩〈塵世之愛〉（Amor Mundi）中坦承自己為塵世之愛所苦，暗示死亡是唯一的解脫之道。

此書選譯的三首情詩都屬清新小品，沒有沉重的宗教思維，只有對愛情輕聲的惋惜和淡淡的哀愁。〈第一天〉是一首十分浪漫又充滿天真的詩作。詩人懊惱自己當年遲鈍懵懂，未能珍視初次與愛人相遇、牽手的美好經驗，而今一切細節都不復記憶，心中惆悵不已。〈歌〉是一首豁達的哀歌。詩人以異乎尋常的平靜、淡然的語調向愛人告別。她認為死是一種解脫，不再為人世苦難所磨，內心不再有波折、衝突；她不要愛人用傳統的方式哀悼她的死亡，也不要有任何心理牽掛，就讓她回歸自然，和雨露常相左右。〈記得〉也是一首道別詩，詩中隱約透露出克莉絲汀娜因掙脫不了宗教的枷鎖而拒絕愛人求愛（「遠離而去到沉默的國度」）內心的矛盾：捨不得離去，卻不得不走；應該走了，卻又頻頻回顧；雖然不能相守共度未來，但她希望永遠記得昔日；一再叮嚀愛人要把她記在心裡，卻又擔心愛人為相思所苦；雖然自己飽受難以割捨愛情的煎熬，卻又故作堅強地希望愛人寬心歡笑。整首詩雖字句淺白，傳達出的卻是複雜糾結的思緒，或許正是詩人內心的寫照：看似無慾的性靈生活底層，其實埋藏著塵世男女對愛情最本能的渴望。

　　〈歌〉（「當我死時，最親愛的……」）這首詩被不少作曲家譜成曲，都相當哀婉動人，佛漢・威廉斯（Vaughan Williams, 1872-1958）和David Arditti（1964-）所譜者，可以從 CD 或網路上聽到。

哈代 (1840-1928)

小城暴雨

她穿了一件「赤土」衣裳，
因為驟雨滂沱，我們留在
雙座小馬車乾爽的凹處內，
雖然馬已停下；是的，靜止不動
我們坐著，舒適而溫暖。

而後豪雨中止，令我心痛如刺，
先前遮住我們身影的玻璃
升起，她往她的門一躍而出。
我應該會吻她，如果雨
再持續一分鐘。

Thomas Hardy (1840-1928)

A Thunderstorm in Town

She wore a new "terra-cotta" dress,
And we stayed, because of the pelting storm,
Within the hansom's dry recess,
Though the horse had stopped; yea, motionless
We sat on, snug and warm.

Then the downpour ceased, to my sharp sad pain
And the glass that had screened our forms before
Flew up, and out she sprang to her door:
I should have kissed her if the rain
Had lasted a minute more.

在有拱形圓屋頂的走廊

在有拱形屋頂的走廊，走道彎進
無人看得見的陰暗角落，
你停下腳步道別——充滿哀愁：
雖然前一夜說出口的話已將我
可憐而脆弱的幸福燃燒殆盡。

然後我吻了你——儘管我認為
我們的魔咒必須終止，當我思及
你過去對我的看法，我以服侍你
為我久遠的人生目標；我所追尋的
竟不存在於責備我如是的你的心裡。

然而我還是吻了你：你再一次
像舊日一樣吻我。為何，為何如此？
在那回輕率的爭吵後你還固守著我嗎？
如果你在黃昏時嘲弄了我，要怎麼愛？
事情晦暗難明，親愛的。我不知道。

In the Vaulted Way

In the vaulted way, where the passage turned
To the shadowy corner that none could see,
You paused for our parting,—plaintively:
Though overnight had come words that burned
My fond frail happiness out of me.

And then I kissed you,—despite my thought
That our spell must end when reflection came
On what you had deemed me, whose one long aim
Had been to serve you; that what I sought
Lay not in a heart that could breathe such blame.

But yet I kissed you: whereon you again
As of old kissed me. Why, why was it so?
Do you cleave to me after that light-tongued blow?
If you scorned me at eventide, how love then?
The thing is dark, Dear. I do not know.

聲音

我深深思念的女人啊，你聲聲
呼喚呼喚我，說你現在已不復以往
——你一度改變，不再是我的專寵——
說又回到最初我們幸福生活的模樣。

那真是你的聲音嗎？那麼讓我看看你，
你站著，就像當年我走近小鎮
而你在那兒等候：是的，一如我熟悉的你，
甚至當初那件天藍色衣裙！

或者那只是一陣風，無精打采
掠過潮濕的草地，吹到我身邊，
而你，已然化為無知覺的空白，
無論遠近，再也無法聽見？

如是我：蹣跚前行，
落葉在我四周飄散，
從荊棘叢滲出稀薄的北風，
而那女人聲聲呼喚。

The Voice

Woman much missed, how you call to me, call to me,
Saying that now you are not as you were
When you had changed from the one who was all to me,
But as at first, when our day was fair.

Can it be you that I hear? Let me view you, then,
Standing as when I drew near to the town
Where you would wait for me: yes, as I knew you then,
Even to the original air-blue gown!

Or is it only the breeze, in its listlessness
Travelling across the wet mead to me here,
You being ever dissolved to wan wistlessness,
Heard no more again far or near?

Thus I; faltering forward,
Leaves around me falling,
Wind oozing thin through the thorn from norward,
And the woman calling.

譯者說／

　　哈代（Thomas Hardy, 1840-1928），英國詩人和小說家。他是石木匠之子，後來跟著一名擅長修繕哥德式教堂的建築師學習技術。學徒期滿之後，他在倫敦一家建築事務所擔任助理員。哈代深愛他成長的土地，家鄉威塞克斯（Wessex）的風土民情，小市民的愛恨情仇，是他創作的重要泉源。1865 年，他寫出第一首詩作，題目就叫做〈我如何為自己蓋了一間房子〉（How I Built Myself a House）。1928 年，他逝世於自己親手建造的屋子，遺體葬於西敏寺，心臟卻埋於家鄉的土地下。

　　雖然哈代在小說方面成就斐然，但他其實是因為找不到出版商出他的詩作，才嘗試寫小說的。1874 年，小說《遠離塵囂》（Far From the Madding Crowd）出版，哈代從此聲名大噪。他接著完成《歸鄉》（The Return of the Native, 1878）和《嘉德橋市長》（The Mayor of Casterbridge, 1886）。1891 和 1895 年，他的另兩部名作出版——《黛絲姑娘》（Tess of the d'Urbervilles）以及《無名的裘德》（Jude the Obscure）。這兩本小說揭露人性底層的慾望，觸及性與貞操的問題，也批判社會制度和現象，冒犯了維多利亞時代的傳統道德觀，引起保守派評論家的嚴厲批判。哈代從此不寫小說，在後來的三十年間專心從事詩的創作。著名的詩集有《威塞克斯詩抄及其他》（Wessex Poems and Other Verses, 1898），《統治者》（The Dynasts, 1908），《時代的笑柄及其他》（Time's Laughingstocks and Other Verses, 1909），《環境的嘲諷》（Satires of Circumstance, 1914），以及《幻象時刻》（Moments of Vision, 1917）。

　　許多批評家認為哈代最動人的詩集是 1914 年出版的《1912 到 1913 年詩抄》，裡面收錄了二十七首系列詩作。這些詩作是哈代為 1912 年猝死的第一任妻子艾瑪（Emma）而作。他們共同生活了三十八年，但晚期婚姻關係淡漠，艾瑪還長年獨居於住家頂樓。哈代回顧他們之間疏離又糾結的感情，企圖透過想像的架構——妻子的靈魂帶領他回到他們初次相遇

且彼此真誠相愛的康瓦爾（Cornwall）——營造充滿諒解和愛的對話情境，去化解過去的陰影。此處譯的〈小城暴雨〉和〈聲音〉即出自這本詩集。

　　〈小城暴雨〉頗有少男思春的趣味。一陣大雨來襲，一對或許才結識不久的男女在馬車躲雨；雨一停，女子立即跳出馬車，留下悵然若失的男子心裡想著：要是雨再多下一分鐘就好了，這樣他說不定有機會親吻到她。最後兩行頗具戲劇張力和想像空間。讀完此詩，讀者更感興趣的應該是：兩人並坐於馬車時男子衝動難抑的焦躁不安，以及既想採取行動又不敢輕舉妄動的內心掙扎。

　　〈在有拱形圓屋頂的走廊〉呈現出甜美與苦澀摻半、依戀與痛苦共生的男女關係。前一夜才激烈爭吵，現在又依依不捨；兩人認知難有交集，似乎不愛了，卻還彼此親吻。看似美好的兩性關係就像「有拱形圓屋頂的走廊」所暗示的：外型美觀典雅；而「走道彎進無人看得見的陰暗角落」則暗示背後隱藏的愛情真相：糾結，晦暗，無人釐得清頭緒。

　　在〈聲音〉的前兩節，我們隨著詩人陷入如夢似真的情境。他彷彿聽到死去的妻子對他聲聲呼喚，彷彿看到年輕時候的妻子在小鎮等候與他見面。甜蜜往事聲聲入耳，也歷歷在目。在後兩節，妻子的聲音消逝，詩人也回到現實：踽踽獨行的他聽見的只是北風的聲音，看見的只是繽紛的落葉。詩的末行和詩的開頭遙遙呼應，暗示出詩人對妻子和舊日美好時光的思念會週而復始湧現心頭。

浩斯曼（1859-1936）

當我一又二十歲

當我一又二十歲
我聽智者說到：
「送人銀幣銅幣金幣，
但不要把心送掉；
珍珠紅寶石傾囊相饋，
但別自困愛的陷阱。」
但我一又二十歲，
跟我講這話沒用。

當我一又二十歲
我又聽他說話：
「心離魂舍而出，
不會白白無代價。
要換回嘆息一堆，
賣得悔恨無盡。」
而今我二又二十歲，
噢此言果真，果真。

A. E. Housman (1859-1936)

When I Was One-and-Twenty

When I was one-and-twenty
I heard a wise man say,
"Give crowns and pounds and guineas
But not your heart away;
Give pearls away and rubies
But keep your fancy free."
But I was one-and-twenty,
No use to talk to me.

When I was one-and-twenty
I heard him say again,
"The heart out of the bosom
Was never given in vain;
'Tis paid with sighs a plenty
And sold for endless rue."
And I am two-and-twenty,
And oh, 'tis true, 'tis true.

噢，當我和你熱戀

噢，當我和你熱戀，
我既光鮮又美麗，
方圓幾里驚奇連連，
我表現得多合宜！

如今，愛情不見了，
什麼也沒有存留，
方圓幾里人要說我
一切一切又照舊。

Oh, When I Was in Love with You

Oh, when I was in love with you,
Then I was clean and brave,
And miles around the wonder grew
How well I did behave.

And now the fancy passes by,
And nothing will remain,
And miles around they'll say that I
Am quite myself again.

譯者說／

　　浩斯曼（A. E. Housman, 1859-1936），英國詩人。他自幼聰慧，學
業傑出而且顯現創作潛力，但體弱多病，在學校常受欺侮。十二歲時，對
他愛護倍至的母親去世，而他與個性陰鬱的父親關係疏遠，家庭氣氛變得
有些詭異、病態。1887 年，他進牛津大學就讀，卻因過度沉迷研讀羅馬
詩人普洛佩提烏斯（Propertius）的作品，而未能通過學位考試（據說他的
同性戀情受挫也是影響他學業的原因之一）。雖然他通過第二次考試，但
未能獲聘教職。1892 年之後的十年間，他在倫敦一邊擔任公職，一邊繼
續古典文學的研究，並向學術刊物投稿；1911 年，他獲劍橋大學聘為拉
丁文教授，被公認是十八世紀班特利（Bently）之後最偉大的古典學學者。

　　1896 年，他第一本詩集《什羅普郡的少年》（A Shropshire Lad）出
版。1911 到 1936 年間，他編輯了五冊艱深的羅馬天文學家詩人曼尼流
士（Manilius）的作品，獲得很高的評價。1922 年，他的詩集《最後詩作》
（Last Poems）出版；1936 年，他去世後，其弟將其餘作輯為一小冊詩集，
名為《更多的詩》（More Poems）。

　　有同性戀傾向的浩斯曼終身未婚，在他的身上我們可以發現幾個矛
盾的特質：他雖個性容易衝動，但生活低調；他想要成名，卻有一種「怕
別人知道自己想成名的恐懼」；詩集《什羅普郡的少年》十分暢銷，但他
拒絕收取任何版稅；他愛美食美酒，卻大半生過著禁慾的生活；身為學者
時，他打筆戰極為尖酸刻薄，下手毫不留情，但他卻與詩壇同好關係友好；
他編選了許多希臘和拉丁詩人的選集，但是讀者似乎很難將詩人浩斯曼與
學者浩斯曼聯想在一起。浩斯曼說：「什羅普郡的少年是一個虛構的角
色，在氣質和人生觀上多少有我的影子……我是在生命中情感豐沛的階段
結束之後才開始認真寫詩的；而我詩作的主要靈感源自身體狀況，譬如說
1895 年一月到五月間──我創作量最多的時期──的一場咽喉炎。」

　　《什羅普郡的少年》深受讀者喜歡，原因之一是詩作的形式和主題

（譬如愛情、死亡、自然）平易近人，但語調客觀節制，不流於濫情；另一原因則是詩作具有民謠風味，詩節多由押韻的兩行體構成，音樂性濃厚（莎士比亞、布萊克、丁尼生、阿諾德等詩人都是他師法的對象）。浩斯曼的寫作策略成功地擄獲了讀者的心。此處譯的兩首詩即選自此詩集。

〈當我一又二十歲〉模擬年輕人的口吻，寫出「不經一事，不長一智」以及「不聽老人言，吃虧在眼前」的生活體驗。他在二十一歲談戀愛時，年長的智者直接了當地告訴他：金銀財寶可以送人，但千萬不要把心全給了出去；熱戀中的他自然聽不進去。同年，這位智者又再度提出勸誡，只是這一回他用了諷刺的語調：死心塌地愛別人，當然是不會徒勞無功的啦，你得到的回報會是無盡的嘆息和悔恨。他還是不當一回事，但一年後，失戀的他終於知道智者所言不虛。〈噢，當我和你熱戀〉則以輕鬆又帶點詼諧的筆調寫出熱戀和失戀少男截然不同的外在表現。愛情的魔力使熱戀的少年儀表和舉止有了令人驚異的改變；失戀後，愛情魔力消失了，他又回到原來的樣貌。這樣的體驗十分具有普遍性，讀來格外親切。

很多作曲家把《什羅普郡的少年》裡的詩譜成曲。〈噢，當我和你熱戀〉有多種知名版本，其中以佛漢・威廉斯（Vaughan Williams）所譜為最，收於其歌曲集《在溫洛克邊界》（On Wenlock Edge）。譜〈當我一又二十歲〉者更多，起碼有十五家，其中薩默維爾（Somervell）、布利斯（Bliss）、巴特沃思（Butterworth）、格尼（Gurney）所作，皆經常被演唱。

葉慈 （1865-1939）

在楊柳園畔

在楊柳園畔，我的愛人和我相見，
她移動雪白的小腳，行過楊柳園。
她叫我平心對愛情，如同葉生樹上，
但我年輕又愚蠢，不願從她的思想。

在河邊地上，我的愛人和我並站，
她把她雪白的手，擱在我斜肩上。
她叫我從容對人生，如同草生堰上，
但我年輕又愚蠢，到如今淚滿衣裳。

William Butler Yeats (1865-1939)

Down by the Salley Gardens

Down by the salley gardens my love and I did meet;
She passed the salley gardens with little snow-white feet.
She bid me take love easy, as the leaves grow on the tree;
But I, being young and foolish, with her would not agree.

In a field by the river my love and I did stand,
And on my leaning shoulder she laid her snow-white hand.
She bid me take life easy, as the grass grows on the weirs;
But I was young and foolish, and now am full of tears.

當你年老

當你年老，灰白，睡意正濃，
在火爐邊打盹，取下這本書，
慢慢閱讀，夢見你眼中一度
發出之柔光，以及深深暗影；

多少人愛你愉悅丰采的時光，
愛你的美，以或真或假之情，
祇一個人愛你朝聖者的心靈，
愛你變化的容顏蘊藏的憂傷；

並且俯身紅光閃閃的欄柵邊，
帶點哀傷，喃喃低語，愛怎樣
逃逸，逡巡於頭頂的高山上
且將他的臉隱匿於群星之間。

When You Are Old

When you are old and grey and full of sleep,
And nodding by the fire, take down this book,
And slowly read, and dream of the soft look
Your eyes had once, and of their shadows deep;

How many loved your moments of glad grace,
And loved your beauty with love false or true,
But one man loved the pilgrim Soul in you,
And loved the sorrows of your changing face;

And bending down beside the glowing bars,
Murmur, a little sadly, how Love fled
And paced upon the mountains overhead
And hid his face amid a crowd of stars.

他想要天國的綢緞

假如我有天國的錦緞，
繡滿金光和銀光，
那用夜和光和微光
織就的藍和灰和黑色的錦緞，
我將把它們鋪在你腳下：
但我很窮，只有夢；
我把我的夢鋪在你腳下；
輕輕踩啊，因為你踩的是我的夢。

He Wishes for the Cloths of Heaven

Had I the heavens' embroidered cloths,
Enwrought with golden and silver light,
The blue and the dim and the dark cloths
Of night and light and the half-light,
I would spread the cloths under your feet:
But I, being poor, have only my dreams;
I have spread my dreams under your feet;
Tread softly because you tread on my dreams.

酒歌

酒從唇間進，
愛從眼波起；
吾人老死前，
惟知此真理。
我舉杯就唇，
我看你，我嘆息。

A Drinking Song

Wine comes in at the mouth
And love comes in at the eye;
That's all we know for truth
Before we grow and die.
I lift the glass to my mouth,
I look at you, and I sigh.

活生生的美

我請求——因為燈芯和油都已耗盡
而且血液的通路都已凍結——
我這顆不滿足的心且滿足於
那用青銅模子鑄造出來的
或者顯形於眩眼的大理石中的美，
顯形，但當我們消逝後又再度消逝，
比一個幽靈，更加不關心
我們的孤寂。噢心啊，我們已老；
活生生的美是給更年輕的人的：
我們無法支付它狂野淚水的貢禮。

The Living Beauty

I bade, because the wick and oil are spent
And frozen are the channels of the blood,
My discontented heart to draw content
From beauty that is cast out of a mould
In bronze, or that in dazzling marble appears,
Appears, but when we have gone is gone again,
Being more indifferent to our solitude
Than 'twere an apparition. O heart, we are old;
The living beauty is for younger men:
We cannot pay its tribute of wild tears.

長久沉默之後

言語，在長久沉默之後；應該——
別的戀人們都已成陌路或亡故，
敵意的燈光隱藏在它的罩子下，
層層窗簾拉上，遮擋敵意的夜
——應該讓我們談論又談論
藝術與歌那至高無上的主題：
肉體的衰老是智慧；年輕時
我們彼此相愛，卻愚昧無知。

After Long Silence

Speech after long silence; it is right,
All other lovers being estranged or dead,
Unfriendly lamplight hid under its shade,
The curtains drawn upon unfriendly night,
That we descant and yet again descant
Upon the supreme theme of Art and Song:
Bodily decrepitude is wisdom; young,
We loved each other and were ignorant.

譯者說／

　　這六首詩是 1923 年諾貝爾獎得主，愛爾蘭大詩人葉慈（W. B. Yeats, 1865-1939）精妙的情詩小品。第一首〈在楊柳園畔〉作於 1889 年，葉慈二十四歲浪漫風格猶在之作，是葉慈根據一首愛爾蘭古老民歌殘詞重組而成的，他自愛爾蘭一鄉間老婦處聽到記憶不全的三行詞。作曲家布列頓（Benjamin Britten, 1913-1976）曾為此詩披上音樂，旋律亦來自愛爾蘭傳統民歌，流傳頗廣。

　　第二首〈當你年老〉寫於 1892 年葉慈二十七歲時，是十六世紀法國詩人龍薩（Ronsard）十四行詩〈當你老時〉的變奏。龍薩要愛人把握當下，勿到年老才懊惱年輕時未能珍惜詩人對她之愛。葉慈大致保存了龍薩詩作前三行（「當你老時，在黃昏，點著燭火／坐在火爐旁邊，抽絲紡紗／吟詠著我的詩篇……」）的意象和氛圍，但主題卻更細膩深沉。他訴說他對愛人的情意異於常人，他愛她聖潔的靈魂，甚至憂傷。詩末「愛……逡巡於頭頂的高山上／且將他的臉隱匿於群星之間」，正是他內心的寫照：時光流逝，即便兩人無法結合，但他會化身愛神在遙遠的某處默默守護她。此詩的對象是葉慈一生的最愛——熱中革命運動的愛爾蘭女伶莫德·龔（Maud Gonne）。葉慈二十四歲遇見才色雙絕的莫德·龔，為其傾心不已，數度求婚被拒，終其一生對其念念不忘。他甚至在五十二歲時，還轉而向其女兒伊索德（Iseult）求婚，失敗後才抱憾與別的女子結婚。

　　第三首〈他想要天國的綢緞〉收於 1899 年出版的詩集《蘆葦間的風》，相當清新而浪漫。貧窮的詩人說他無法用諸般天光為愛人編織地毯，只能舖下自己的夢，讓愛人行走其上。窮人的夢或許脆弱，但其充滿憧憬的色澤應可媲美華麗的「天國的錦緞」。此詩讓人想起普契尼歌劇《波西米亞人》中詩人的詠嘆調：「我雖然窮困，卻富有詩句與愛，說到夢想、遐想和空中樓閣，我的心有如百萬富翁……」

　　第四首〈酒歌〉寫於 1910 年，是四十五歲經歷滄桑後依然天真之作。詩人舉杯注視者，莫非是令其受苦的「致命女性」（femme fatale）——

莫德‧龔？

　　第五首〈活生生的美〉選自 1919 年出版的詩集《庫爾的野天鵝》，即是向莫德‧龔女兒伊索德求婚未遂之後的感嘆。「活生生的美是給更年輕的人的」，詩人自覺歲月的凌遲。伊索德對他沒有忘年之愛的衝動，而他的精力已開始枯竭：「燈芯和油都已耗盡」。詩人知道自己再也沒有「狂野淚水」可獻給正值青春的她，只能要求自己「不滿足的心」安於孤寂。老年的智慧逼他選擇「大理石中的美」，而非活生生的肉體之美。

　　第六首〈長久沉默之後〉選自 1933 年出版的詩集《迴旋的梯及其他》。此時的葉慈已年過六十五。這首詩是寫給莎思比爾夫人（Olivia Shakespear）的，她是詩人龐德（Pound）的岳母，也是葉慈生命中最重要的女性之一。葉慈在 1894 年與她結識，互覺彼此是談論文學與思想的理想對象。葉慈極少在詩中或自傳中公開讚美她，但她卻是葉慈最熟知、最能自在相處的密友。相對於莫德‧龔的豔麗輝煌，莎思比爾是一個散發著人性溫暖的寬大、可愛的女人。如果說莫德‧龔提供給葉慈寫詩的題材，激發他寫詩的動力，那麼莎思比爾則帶給他平靜。葉慈認為他們之間的情誼歷久彌堅，可以飛越時間陰影，超脫世俗情愛。世俗的情愛日久會變質，而他們卻能從老朽的肉體生出生命的智慧。但詩末仍透露出存在於生命中的無奈和苦澀反諷：人類的精神和肉體似乎無法同時臻於完滿之境，精神之美似乎得建立在衰老的肉體之上。

　　葉慈的詩被譜成歌者亦多。〈當你年老〉有 Frank Bridge、Yehudi Wyner、Garth Baxter 等所寫之曲。〈天國的綢緞〉有 Thomas Dunhill、Dilys Elwyn-Edwards、Ivor Gurney、Peter Warlock 及女作曲家 Rebecca Clarke 等的版本，皆極動聽。

賽門斯 (1865-1945)

曲調

一個愚蠢的節奏在我空洞的腦海迴轉
如風車對著空無的天空隨風運轉。
為什麼當人們稱之為不死的愛死去時，
稱之為短暫易逝的記憶卻不會死亡？
愛不是死了嗎？我卻聽到那曲調，當
夜裡，我躺在寂寞的床上清醒地夢著
而昔日的記憶隨舊曲調在我腦海迴轉
如風車對著空無的天空隨風運轉。

Arthur Symons (1865-1945)

A Tune

A foolish rhythm turns in my idle head
As a wind-mill turns in the wind on an empty sky.
Why it is when love, which men call deathless, is dead,
That memory, men call fugitive, will not die?
Is love not dead? yet I hear that tune if I lie
Dreaming awake in the night on my lonely bed,
And as old thought turns with the old tune in my head
As a wind-mill turns in the wind on an empty sky.

白色向日花

發熱的房間以及那白色的床，
椅子上亂七八糟的裙子，
丟在一旁半開半闔的小說，
帽子，髮夾，粉撲，口紅散置其間；

那面把你的臉孔吸進
它最祕密深處的鏡子，
那兒神祕地藏著
被遺忘的美好記憶；

而你，半裸半醒著，
斜著眼陌生地看著我，
而我，昏昏欲睡地望著你，
我迄未睡眠的兩眼疼痛著；

這一切（需要怕嗎？不，敢奢望嗎？）
將復活，啊記憶的幽靈，如果
我的手帕再度沾有
白色向日花的氣味。

White Heliotrope

The feverish room and that white bed,
The tumbled skirts upon a chair,
The novel flung half-open where
Hat, hair-pins, puffs, and paints, are spread;

The mirror that has sucked your face
Into its secret deep of deeps,
And there mysteriously keeps
Forgotten memories of grace;

And you, half dressed and half awake,
Your slant eyes strangely watching me,
And I, who watch you drowsily,
With eyes that, having slept not, ache;

This (need one dread? nay, dare one hope?)
Will rise, a ghost of memory, if
Ever again my handkerchief
Is scented with White Heliotrope.

　　賽門斯（Arthur Symons, 1865-1945），英國詩人和批評家，與王爾德（Wilde）、道森（Dowson）同為 1890 年代英國世紀末（fin de siécle）頹廢派的代表詩人。他出生於威爾斯，父親是魏斯理教派的牧師，家人隨其職務四處遷徙，居無定所，使賽門斯從小就缺乏「家」的感覺。十七歲時，在教會雜誌發表第一篇文章，討論勃朗寧。二十一歲，寫成第一本書《勃朗寧研究導論》。1889 年，出版第一本詩集《日與夜》（Days and Nights）。1890 年，去了巴黎，見到魏爾崙（Verlaine）、馬拉梅（Mallarmé）等象徵主義詩人；又到倫敦，加入葉慈、道森等所創的「詩人俱樂部」（Rhymers' Club）。1892 年，出版詩集《剪影》（Silhouettes）。

　　1893 年，他發表論文〈文學中的頹廢主義運動〉（The Decadent Movement in Literature），認為頹廢主義詩歌是感官的詩歌，詩應該喚起感覺，詩人應該用色彩、音樂來思想。1895 年，他在頹廢派刊物《黃皮書》（The Yellow Book）創刊號發表〈史蒂拉・瑪麗絲〉（Stella Maris）一詩，其中「街頭邂逅的愛情，／一夜的茱麗葉」（The chance romances of the streets, ／ The Juliet of a night）等字句，引發衛道者大力撻伐。同年，詩集《倫敦之夜》（London Nights）出版，也引來一片咒罵。1908 年，他與妻子到義大利旅行，在波隆納精神崩潰，失去理智四處晃蕩，被送入獄，又攻擊獄卒，企圖逃脫，被轉送到精神病院。後來回英國入療養院，至 1910 年始出。其妻表示「他精神狀況有些改善，但醫生說他永遠無法真正復原」。他陸續又寫了多本詩集和評論集，在 1930 年出版的《懺悔錄》中，他描述了自己精神崩潰與治療的情狀。1945 年，因肺炎去世。

　　賽門斯是法國象徵主義詩歌的擁護者，他透過翻譯、模仿和評論，把波特萊爾、魏爾崙、馬拉梅等詩人介紹給英國讀者。他的詩充滿世紀末情感，悲傷而不確定，經常出現弄皺的床單、煤氣燈籠罩的街道、嬝繞的香煙等意象；他喜歡描繪短暫關係、一夜情，是最早提出「頹廢主義」一詞

的寫作者。但是，賽門斯曾說：「當一個人渴望把曾經擁有的最鮮明的片刻化為永恆時，便是藝術萌發之時」，看來他的文學與藝術觀一點也不頹廢。

　　此處譯的兩首詩，可讓我們一窺賽門斯頹廢主義的色調。在〈曲調〉一詩，詩人提出了三個質疑：大家都說愛情可以永恆，為何他的愛情會死亡？大家都說記憶短暫易逝，為什麼他卻對往事怎麼也忘不了？而他的愛情不是死了嗎，怎麼還陰魂不散地在他腦海盤旋？詩人用類似的字眼讓前兩行和後兩行反覆（第二和第八行完全相同），製造出回憶縈繞的效果。值得注意的是：在第一行，詩人把對舊日戀情的回憶譬喻成在「空洞的腦海迴轉」的「愚蠢的節奏」，但在句法類似的第七行，「愚蠢」被「舊日」取代，而「空洞」一詞也不見了。這樣的變奏似乎暗示詩人態度或情緒的轉換：由煩躁或無所謂，變成純粹的懷舊，暴露出詩人深情的一面。

　　在〈白色向日花〉，詩人回溯已然逝去的某個時空。在前三節，詩人以印象主義式的筆觸呈現屋內某些細節，這似乎是做愛後的凌亂場景，然而浮現出的不是男女做愛後的甜蜜與餘溫，而是一種疏離、頹廢的氛圍。他與她陌生、倦怠、半醒半睡地相看著，「被遺忘的美好記憶」藏於鏡子深處，他們之間的親密關係似乎無法堅實，是因為短暫的邂逅嗎？還是美好的愛情已經變質？在詩末，詩人說：一旦手帕染上白色向日花的氣味，「記憶的幽靈」便會復活。「白色向日花」在此成為穿透時空、重啟記憶之門的暗語或密碼，至於它代表什麼，詩人並未留下線索，只有留待讀者去想像了。

道森（1867-1900）

我已不復是賢良的賽娜拉統治下的我了

昨夜，啊，昨天夜裡，在她和我的唇間
你的影子飄落，賽娜拉！你的氣息灑溢
於我的靈魂之上，在熱吻與美酒之間；
而我心寂寥，苦於昔日的激情，
是的，我心寂寥，我的頭低垂：
我一直忠於你，賽娜拉！以我的方式。

整夜我感到她溫暖的心在我心頭鼓動，
一整夜她躺在我懷裡充滿愛意入睡；
那買來的她紅唇的熱吻的確香甜；
而我心寂寥，苦於昔日的激情，
當我醒來發現晨光一片迷濛：
我一直忠於你，賽娜拉！以我的方式。

Ernest Dowson (1867-1900)

Non Sum Quails Eram Bonae Sub Regno Cynarae

Last night, ah, yesternight, betwixt her lips and mine
There fell thy shadow, Cynara! thy breath was shed
Upon my soul between the kisses and the wine;
And I was desolate and sick of an old passion,
Yea, I was desolate and bowed my head:
I have been faithful to thee, Cynara! in my fashion.

All night upon mine heart I felt her warm heart beat,
Night-long within mine arms in love and sleep she lay;
Surely the kisses of her bought red mouth were sweet;
But I was desolate and sick of an old passion,
When I awoke and found the dawn was gray:
I have been faithful to thee, Cynara! in my fashion.

我已忘了許多，賽娜拉！隨風而去，
拋擲玫瑰，隨人群喧鬧地狂舞著的
玫瑰，為了忘掉你那蒼白、遺失的百合；
而我心寂寥，苦於昔日的激情，
是的，無時無刻，因為舞曲漫長：
我一直忠於你，賽娜拉！以我的方式。

我渴求更狂野的音樂，更濃烈的酒，
然而當筵席終了，燈火消滅，
你的影子飄落，賽娜拉！夜為你所有；
而我心寂寥，苦於昔日的激情，
是的，渴望一親我欲求的嘴唇：
我一直忠於你，賽娜拉！以我的方式。

I have forgot much, Cynara! gone with the wind,

Flung roses, roses riotously with the throng,

Dancing, to put thy pale, lost lilies out of mind;

But I was desolate and sick of an old passion,

Yea, all the time, because the dance was long:

I have been faithful to thee, Cynara! in my fashion.

I cried for madder music and for stronger wine,

But when the feast is finished and the lamps expire,

Then falls thy shadow, Cynara! the night is thine;

And I am desolate and sick of an old passion,

Yea, hungry for the lips of my desire:

I have been faithful to thee, Cynara! in my fashion.

短暫的生命禁絕我們持久的希望

它們不久長，哭聲與笑聲，
愛與慾與恨：
我想它們在我們身上沒有份量
一旦我們過了那門。

它們不久長，醇酒與玫瑰的日子：
自霧般的夢境
我們的小徑浮現片刻，隨即又
隱入夢中。

Vitae Summa Brevis Spem Nos Vetat Incohare Longam

They are not long, the weeping and the laughter,
Love and desire and hate:
I think they have no portion in us after
We pass the gate.

They are not long, the days of wine and roses:
Out of a misty dream
Our path emerges for a while, then closes
Within a dream.

譯者說／

　　道森（Ernest Dowson, 1867-1900），英國詩人。他在法國度過大半童年歲月，後來進牛津大學就讀，於 1887 年離開牛津，並未取得學位。他以翻譯維生，常喝得酩酊大醉，且染有吸毒惡習，生活貧困。1891 年，他遇到年僅十二歲的餐館老闆女兒雅德蕾德（Adelaide Foltinowicz），苦追兩年，未能如願；雅德蕾德在成年後嫁給她父親餐館的侍者。在道森的一些詩作中，她是愛與純真的象徵。道森的父母於 1895 年短短幾個月內相繼自殺身亡，之後他遊魂似地遊走於英國、法國和愛爾蘭。葉慈說道森「膽怯，安靜又帶點憂鬱氣質」。1893 年，他出版詩集《兩難困境》（Dilemmas）；1896 年，出版《詩篇》（Verses）；1897 年，出版詩劇《片刻的小丑》（The Pierrot of the Minute）；1899 年，出版詩與散文集《裝飾》（Decorations）。他的作品視野不算寬廣，但結構和技巧出色，世界的棄絕，絕望的情愛和死亡是他經常觸及的主題。世紀末，年僅三十三歲的他因酒精中毒死於巴黎。

　　〈我已不復是賢良的賽娜拉統治下的我了〉，標題出自羅馬詩人賀瑞斯的《頌詩》（Odes），是道森最著名的詩作，也是頹廢派詩歌的代表。此詩通常被簡稱為〈賽娜拉〉——據葉慈說，此「賽娜拉」即前面提到的餐館老闆女兒雅德蕾德。整首詩是一段瀰漫著憂傷、痛苦和頹廢氣息的內心獨白。詩中人為了忘掉舊愛（「賢良的賽娜拉」），企圖用酒與女人麻痺自己，然而無論他如何放蕩地在喧鬧的酒館狂歡，無論他如何激情地與風塵女子（由詩中第二節「bought」一字暗示出）熱吻做愛，他仍無法擺脫賽娜拉的影子。在每一詩節反覆出現的「而我心寂寥，苦於昔日的激情」和「我一直忠於你，賽娜拉！以我的方式」，彷彿愛情的幽魂如影隨形，成功地營造出深情告白的情境。在飲酒作樂、墮落頹廢的行徑底下，是交纏糾結的內心矛盾，無法安頓的複雜情思。雖然詩題為〈我已不復是賢良的賽娜拉統治下的我了〉，然而讀完此詩，我們知道詩中人的身體似乎擺

脫了賽娜拉的統治，但他的靈魂依然臣服在賽娜拉的統治之下，毫無抵抗之力。在這場玫瑰與百合的戰爭中，潑辣飆悍的玫瑰竟不敵柔弱蒼白的百合！

〈短暫的生命禁絕我們持久的希望〉詩題亦出自羅馬詩人賀瑞斯。在這首詩，道森以輕淡的筆觸寫下他對生命的認知：人生的一切——哭、笑、愛、恨、慾望——都微不足道，都會隨死亡（「一旦過了那門」）而煙消雲散；種種享樂（「醇酒與玫瑰的日子」）也無法持久，它們在人生短暫的旅途（「我們的小徑」）中只是一場朦朧的夢境。這首詩是道森改信天主教之後的作品，詩作雖反映出世紀末的頹廢風，但隱含著他對自己生活方式的厭倦，以及對生命本質的無奈。

此二首詩皆流傳甚廣。改編自米契爾（Margaret Mitchell）同名小說的著名電影《亂世佳人》（Gone with the Wind），片名即來自〈賽娜拉〉一詩第三節第一行。而作曲家曼奇尼（Henry Mancini）所寫的一首與電影同名的主題曲〈醇酒與玫瑰的日子〉（Days of Wine and Roses）——獲1962 年奧斯卡最佳原作歌曲金像獎——標題亦取自此處譯的第二首詩。

網路上有一首由 Jeffrey Barnes 和 the Texclectic Unsemble 樂團演唱的〈賽娜拉〉，融藍調與爵士於一爐，半吟半唱，味道頗佳，可以上網找來聽聽。

史蒂文斯 (1879-1955)

內心情人的最後獨白

點起夜晚的第一道光，如同在一個房間
我們在其中歇息，並且為不足道的理由
認為想像的世界才是終極的善。

這，因此是，最熱烈的幽會。
因為那樣的想法，我們方得掙開一切
冷漠，集中精力，傾注於一件事物：

在唯一的事物中——把我們緊緊裹著的
唯一的一條圍巾——由於我們貧窮，一絲溫暖
一道光，一點力，都有不可思議的影響。

此時此地，我們彼此相忘，也忘卻了自己。
我們隱約感覺到某種秩序，某個整體，
某種知識，安排了這次幽會。

Wallace Stevens (1879-1955)

Final Soliloquy of the Interior Paramour

Light the first light of evening, as in a room
In which we rest and, for small reason, think
The world imagined is the ultimate good.

This is, therefore, the intensest rendezvous.
It is in that thought that we collect ourselves,
Out of all the indifferences, into one thing:

Within a single thing, a single shawl
Wrapped tightly round us, since we are poor, a warmth,
A light, a power, the miraculous influence.

Here, now, we forget each other and ourselves.
We feel the obscurity of an order, a whole,
A knowledge, that which arranged the rendezvous.

在它生機勃勃的疆域內，在心中。
我們說上帝和想像合而為一……
那點亮黑暗的最高的燭火何其高啊。

借這同一道光，借這同一個專注的心，
我們棲身於夜空中，
那兒，能待在一起就是滿足。

Within its vital boundary, in the mind.
We say God and the imagination are one...
How high that highest candle lights the dark.

Out of this same light, out of the central mind,
We make a dwelling in the evening air,
In which being there together is enough.

譯者說／

　　史蒂文斯（Wallace Stevens, 1879-1955），美國詩人。受到父親（賓夕維尼亞州的律師）的影響，他進哈佛大學和紐約大學法學院就讀，並於1904年考取律師資格。1916年之前，他在紐約市開業當律師，後來在康乃狄克州的一家保險公司工作，並於1934年當上該公司的副總裁。在哈佛大學期間，他修德文和法文，結識哲學家桑塔亞納（Santayana），並且編輯學校文學刊物《鼓吹者》（The Advocate）。1914年，他開始發表詩作；1923年，出版第一本詩集《簧風琴》（Harmonium, 1923），當時他已四十三歲。十二年之後，他才出版第二本詩集《秩序的觀念》（Ideas of Order）。史蒂文斯生前共出版十一本詩集，《有藍色吉他的男子》（The Man with a Blue Guitar, 1936），《運往夏天》（Transport to Summer, 1947），以及最後一本《秋之曙光》（The Auroras of Autumn, 1954）都是知名之作。

　　將寫作視為純屬個人興趣的史蒂文斯和文壇關係並不密切，也不攀附任何文學派系。他認為在這個缺乏信念的時代，詩人的責任是用文學手段和風格提供信念，以滿足讀者。這種與宗教本質相近的追尋是他創作的中心思想之一，因此他的作品多半頗富哲理（晚年詩作甚至出現冗長沉悶的論述）。現實世界的本質，想像與現實的關係，信仰和秩序是他詩作中常見的主題。他稱得上是哲學與美學、理性與感性兼備的作家。史蒂文斯企圖在紛亂的意象中，理出高度的秩序，以超然客觀的角度去觀照現實世界，他曾說：「有關地球的偉大詩篇尚待書寫。」他的作品通常具有幾個特質：用字精準，意象令人驚喜（他像個戲耍杯、盤、瓶、球、水果的魔術師，轉眼間將日常事物轉化成抽象概念），音聲效果迷人，語調多樣（有時充滿哲學思維，有時瀰漫感官情慾暗示，有時帶點詼諧，有時陷入陰鬱冥想）。但是他最動人的作品不是形上冥想的詩作，而是大玩文字遊戲、表現生動情感、跳脫抽象思維的詩作。此處譯的這首〈內心情人的最後獨

白〉即是他晚年佳作之一。

　　這首詩的訴說對象不一定是詩人的情人，也不一定真有其人，誠如詩題中「內心情人」所暗示的，她可能是詩人虛擬的理想情人，也可能是能夠理解詩人所企圖傳遞出的訊息的任何讀者，也可能是詩人自己——自己與自己的約會、對話、妥協、交合。以此觀之，詩中的「最熱烈的幽會」可能真的發生過，但也可能只存在想像中，可能是戀人們的肉體接觸，也可能是知己者心靈的交流。在這首詩裡，史蒂文斯這位魔術師的道具是緊裹著戀人們的「一條圍巾」。一如我們在其名作〈瓶之軼事〉（Anecdote of the Jar）一詩中讀到的，詩人把一個瓶子擺在田納西的山上，凌亂的荒野頓時產生秩序；現在詩人將一條圍巾放在貧困的生活，放在有缺憾的現實世界，它竟然幻化成「一絲溫暖」，「一道光」，「一點力」，一種「不可思議的影響」。一如藝術可以統領自然，想像可以引領困頓、攀爬於不完美塵世中的我們，藉著信念之光（「那點亮黑暗的最高的燭火」），暫離地面，在依然慈悲的宇宙找到歇息的空間——「我們棲身於夜空中，／那兒，能待在一起就是滿足」。「人生如寄」這個成語，在這首詩裡找到最豐美、最善意的詮釋。

　　這樣曠達的生命觀與愛情觀，並不是年輕戀人們可以輕易驟得的。史蒂文斯寫這首詩時早已過了知天命之年，這是內心情人的「最後獨白」，唯有飽讀過人生的滄桑，唯有相信「上帝和想像合而為一」，才能為如戲、如夢的人生寫出這樣的閉幕台詞，告訴世人們「想像的世界才是終極的善」。

悌絲黛爾 （1884-1933）

目光

史崔封在春天吻我，
羅賓在秋天，
但柯林只看著我
從來沒吻過我。

史崔封的吻在笑鬧中丟失了，
羅賓的吻也玩丟了，
但柯林眼睛裡的吻
日日夜夜縈繞著我。

Sara Teasdale (1884-1933)

The Look

Strephon kissed me in the spring,
Robin in the fall,
But Colin only looked at me
And never kissed at all.

Strephon's kiss was lost in jest,
Robin's lost in play,
But the kiss in Colin's eyes
Haunts me night and day.

我不屬於你

我不屬於你，不會在你身上溶失，
不會溶失，雖然我渴望
溶失如蠟燭點燃於正午，
如雪片溶失於大海。

你愛我，我覺得你依然
是個美麗而聰明的人，
然而我是我，渴望
溶失如光溶失於光。

噢，讓我深陷於愛——熄滅
我的感覺，讓我聾又瞎，
被你愛的風暴橫掃，
一支小蠟燭在疾風中。

I Am Not Yours

I am not yours, not lost in you,
Not lost, although I long to be
Lost as a candle lit at noon,
Lost as a snowflake in the sea.

You love me, and I find you still
A spirit beautiful and bright,
Yet I am I, who long to be
Lost as a light is lost in light.

Oh plunge me deep in love—put out
My senses, leave me deaf and blind,
Swept by the tempest of your love,
A taper in a rushing wind.

愛之後

不再有魔力了，
我們像一般人一樣見面，
你不會帶給我奇蹟，
我也不會帶給你。

過去你是風而我是海——
如今再沒有什麼輝煌可言，
我已經慵懶淡漠如
岸邊的一潭水。

這潭水雖不虞風暴之害
而且不再受潮汐影響，
但它比海還痛苦，
儘管一切平靜。

After Love

There is no magic any more,
We meet as other people do,
You work no miracle for me
Nor I for you.

You were the wind and I the sea—
There is no splendor any more,
I have grown listless as the pool
Beside the shore.

But though the pool is safe from storm
And from the tide has found surcease,
It grows more bitter than the sea,
For all its peace.

譯者說／

　　悌絲黛爾（Sara Teasdale, 1884-1933），美國女詩人。她出生於密蘇里州的聖路易城，自小成長於傳統保守的家庭，受到父母過度的保護。她先後進入洛克伍德夫人學校（Mrs. Lockwood's School）和瑪麗大學（Mary Institute）就讀，1903 年，畢業於 Hosmer Hall 女子學院。她在大學時期開始寫詩，於 1907 年發表首篇詩作。1904 到 1907 年間，悌絲黛爾曾和一群朋友創辦了一份頗獲好評的文學月刊《陶匠的轉輪》（The Potter's Wheel）。她遊蹤廣闊，並多次前往芝加哥，後來成為哈麗葉・孟若（Harriet Monroe）所辦《詩刊》的成員，結識不少詩人。詩人林賽（Vachel Lindsay, 1879-1931）對她展開熱烈追求，但因他作風行徑過於狂野大膽，悌絲黛爾最後拒絕了他的求愛。1914 年，悌絲黛爾嫁給商人菲爾辛格（Ernst Filsinger）。丈夫對她呵護倍至，可是她個性孤僻，情緒不穩，再加上體弱多病，和丈夫關係漸行漸遠；1929 年，她與丈夫離婚。之後，離群索居，健康狀況日益惡化，並患有精神衰弱症。1933 年，她服用過量的安眠藥，死於紐約寓所的浴缸裡。

　　悌絲黛爾的第一本詩集《給杜斯的十四行詩及其他》（Sonnets to Duse and Other Poems）於 1907 年出版，之後陸續出版了《奔流入海的河流》（Rivers to the Sea, 1915），《戀歌》（Love Songs, 1917），《火焰與陰影》（Flame and Shadow, 1920），《月亮的黑暗面》（Dark of the Moon, 1926），和《奇異的勝利》（Strange Victory, 1933）等。1918 年，《戀歌》為她贏得美國詩協會年度詩人獎，以及哥倫比亞大學詩協會獎（這是普立茲詩獎的前身）。

　　歲月的消逝，愛情的喜悅與幻滅，往事的追憶，人生的孤寂，死亡的沉思是悌絲黛爾詩作中常見的主題。她的作品情感節制、冷靜，語調溫柔、含蓄，但她用字精練且擅長營造氣氛，因此詩的密度頗高，十分耐讀。她在寫給一位友人的書信中提到：詩人應該設法使自己的詩作具有火焰般安

詳、敏捷的特質，如此才可讓讀者在閱讀時不假思索地立即感受，而在讀畢之後不斷思索。在此處譯的三首詩當中，我們可以看到她此種詩觀的實踐。

〈目光〉一詩點出三段戀情，詩中人雖與史崔封和羅賓的愛情進展到親吻的地步，但這些親吻都未能讓她回味；柯林從沒吻過她，但是對她而言，他深情的目光即是一種親吻，而且是一種讓她朝思暮想的親吻。此詩讓人聯想起濟慈在〈希臘古甕頌〉第二節的所暗示的：聽不到的樂聲反而更美，追不到的戀人永遠美麗，得不到的親吻讓你愛不止息。存在於渴望的事物，如摘不到的星星，永遠讓人仰望；一旦獲得，便無法逃脫「無法永恆」的自然法則。

〈我不屬於你〉的前兩節似乎閃現一絲女性主體的自覺：她不屬於愛人（男人），她是一個自身俱足的個體（「……我是我，渴望／溶失如光溶失於光」）。但這樣的自覺畢竟是脆弱的，終究敵不過愛情的魔力：為了愛，詩中人還是願意卑微地做個沒有自我意識的小女人，如一根被疾風吹熄火苗的小蠟燭。

在〈愛之後〉一詩，詩人用「男人是風而女人是海」的意象比喻戀愛中的兩性關係：風和海可一起創造出最壯觀卻也可能最危險的景象（譬如微風吹海面泛起漣漪，而狂風卻會掀起巨浪），但即便有風暴，也是因愛而起。她用「海岸邊的一潭止水」比喻愛情消失之後的心境：當兩人疏遠，不再爭吵時，「雖不虞風暴之害／而且不再受潮汐影響」，但這樣的平靜比洶湧的波濤還讓人痛苦，因為那表示愛情死亡了。悌絲黛爾以淡漠的語調道出對愛情本質的深刻理解，這稱得上是一首「舉重若輕」的好詩。

勞倫斯 （1885-1930）

綠

黎明是蘋果綠，
天空是陽光中舉起的一杯綠酒，
月是其間一片金色花瓣。

她睜開眼睛，綠光
閃閃，純淨如初綻的
花蕾，此刻初次為人所見。

D. H. Lawrence (1885-1930)

Green

The dawn was apple-green,
The sky was green wine held up in the sun,
The moon was a golden petal between.

She opened her eyes, and green
They shone, clear like flowers undone
For the first time, now for the first time seen.

第戎市的榮耀

她清晨起身的時候，
我徘徊貪戀地望著她；
她把浴巾舖在窗台下方，
陽光捉住她
在她肩頭閃閃發光，
而在她兩側，圓熟
金黃的陰影閃耀，當
她彎身取海綿，晃動的乳房
擺盪如盛開的鮮黃色
第戎市的榮耀玫瑰。

她身上滴著水，雙肩
閃亮如銀，它們崩頹
如墜落的濕玫瑰，而我凝神
傾聽被雨淋亂的花瓣沖落的聲音。
在灑滿陽光的窗上
清晰地映著她金色的身影
層層疊疊地，直到它閃耀
圓熟如第戎市的榮耀玫瑰。

Gloire de Dijon

When she rises in the morning
I linger to watch her;
She spreads her bath-cloth underneath the window
And the sunbeams catch her
Glistening white on the shoulders,
While down her sides the mellow
Golden shadow glows as
She stoops to the sponge, and her swung breasts
Sway like the full-blown yellow
Gloire de Dijon roses.

She drips herself with water, and her shoulders
Glisten as silver, they crumple up
Like wet and falling roses, and I listen
For the sluicing of their rain-dishevelled petals.
In the window full of sunlight
Concentrates her golden shadow
Fold on fold, until it glows as
Mellow as the glory roses.

密友

你不想要我的愛嗎？她痛苦地說。

我把鏡子遞給她，說：
請向適當的人問這些問題！
請向司令部提出所有請求！
一切有關情感的重大事情
請直接找最高當局處理！──

我如是把鏡子遞給她。
她本來會把它砸碎在我頭上，
但她看到自己鏡中的影像──
這使她著魔似地楞了兩秒，
我趁此逃走。

Intimates

Don't you care for my love? she said bitterly.

I handed her the mirror, and said:
Please address these questions to the proper person!
Please make all requests to head-quarters!
In all matters of emotional importance
please approach the supreme authority direct!—

So I handed her the mirror.
And she would have broken it over my head,
but she caught sight of her own reflection
and that held her spellbound for two seconds
while I fled.

譯者說／

　　勞倫斯（D. H. Lawrence, 1885-1930），英國詩人和小說家。父親是煤礦工人，母親則出身中等階級，曾當過教員；父親粗獷、世俗、骯髒、酗酒，母親優雅、高貴。母親強烈的佔有慾影響著他的前半生，後來他企圖逃離母親的操控。他將自己和母親的關係以及這段心路歷程寫進了小說《兒子與情人》（1913）；而在詩集《愛》（1916）裡，他回顧自己的成長背景，家庭生活，父母親之間的衝突，以及一些人生體驗。1906年，他進入諾丁安大學就讀，當時他已寫了一些詩，而且正著手寫他的第一本小說《白孔雀》（1911）和幾個短篇故事。1908年，他在倫敦市郊克洛伊頓（Croydon）教書；1912年，他寫出了華格納風的小說《非法入侵者》。

　　1910年是他人生的重大轉捩點。這一年，他和潔西（Jessie Chambers）解除婚約，與露伊（Louie Burrows）訂婚，開始寫作《兒子與情人》，並且看著母親去世。1912年，一場重病使他不得不放棄教職回到家鄉伊斯特伍鎮（Eastwood）。他愛上從前教過他的教授的德籍妻子芙麗達（Frieda Weekley），兩人於該年五月私奔到德國。1914年，勞倫斯帶著芙麗達回國，正式成婚，不料卻遇上接二連三的「惡夢」：小說《彩虹》（1915）遭到查禁，家庭頓失經濟來源，生活陷入困境；第一次世界大戰爆發，他因妻子是德國人而以德國間諜的罪名遭到起訴。1917年，他出版《看！我們已經熬過》（*Look! We Have Come Through*），見證兩人共同經歷的憂歡歲月，詩作中洋溢著婚姻的甜蜜和重生的喜悅，也流露出對妻子的感激之情。此處譯的〈綠〉和〈第戎市的榮耀〉即出自本集。1923年出版的詩集《鳥獸花草誌》則是他漫遊世界各地（義大利，西西里，澳洲，新墨西哥和錫蘭）藉以擺脫西方文明的記錄。

　　在〈綠〉一詩，勞倫斯歌讚芙麗達的眼睛。詩句簡潔，卻有情節的鋪陳：詩人一開始就點出時間背景：黎明時分；剛睡醒的芙麗葉達睜開了眼睛，就在那一瞬間他看到她綠色的眼珠閃現出清澈的綠光。整首詩最成

功之處在於意象的巧妙呼應與密實交融。第一節的「綠酒」和「金色的花瓣」，在第二節巧妙地發展成「閃閃」發亮的「綠」，和「花蕾」——自然美景與愛人之美結合為一；「黎明」與「初綻」的花蕾，都隱含新生的喜悅；「天空是陽光中舉起的一杯綠酒」除了用字與第二節多方呼應之外，「舉杯」隱含慶祝之歡欣，而「酒」的意象則暗示詩人當時為愛陶醉的心情。

在〈第戎市的榮耀〉，花的意象貫串全詩。詩人先以盛開的「第戎市的榮耀」（Gloire de Dijon：一種黃玫瑰）比喻愛人沐浴時因彎身而晃動的豐滿乳房，繼而以花瓣遭雨水淋亂、沖落的「墜落的濕玫瑰」的意象，比喻淋浴時水流過愛人身體的畫面，最後愛人浴畢，她的身體在陽光的映照下，呈現交疊的光影，又恢復玫瑰花盛開的模樣。詩人用眷戀的眼光細品愛人身體細部在光影和水的交互作用下所呈現的變化，刻畫出一幅挑動感官的美女出浴圖。

〈密友〉是一首語調冷漠的詩作，其中幽默近乎殘酷。女子問男子為何不接受她的愛意，男子不正面答覆，給了她一面鏡子。女子看到鏡中自己的影像，便彷彿著魔般楞在那裡，男子趁機溜之大吉。此詩除了暗諷女子自戀的虛榮外，也呈現勞倫斯對於女性（或人類）太常把感情掛在嘴邊一事的不以為然。在一首致女性的詩中，勞倫斯曾說：「如你想要我們彼此有所感覺，／最好完全拋開情感的念頭」。〈密友〉第二節所謂情感問題的司令部或最高當局，自然是反諷。此詩標題與詩中所欲傳達的訊息適成對比：即使像戀人或配偶這樣的「密友」間，也存在著某些難以彌平的嫌隙或衝突。

米蕾 (1892-1950)

我的唇吻過誰的唇

我的唇吻過誰的唇，何處，為何，
我已經忘記，而誰的手臂又曾經
讓我的頭安枕到天明；今夜
雨中鬼影幢幢，拍打復嘆息於
窗玻璃上，並且側耳等候回答，
一股隱隱的疼痛在我心中湧起
為那些已忘卻的少年，他們再不會
一聲吶喊，向我奔來，在午夜時分。
孤寂的樹，如是，兀立在冬日，
不知道一一消失的是什麼鳥兒，
只知道它的枝頭比以前淒清：
我說不出什麼愛情來了又去，
只知道夏天曾經在我的身上
短暫歌唱過，而後不再歌唱。

Edna St. Vincent Millay (1892-1950)

What Lips My Lips Have Kissed

What lips my lips have kissed, and where, and why,
I have forgotten, and what arms have lain
Under my head till morning; but the rain
Is full of ghosts tonight, that tap and sigh
Upon the glass and listen for reply,
And in my heart there stirs a quiet pain
For unremembered lads that not again
Will turn to me at midnight with a cry.
Thus in winter stands the lonely tree,
Nor knows what birds have vanished one by one,
Yet knows its boughs more silent than before:
I cannot say what loves have come and gone,
I only know that summer sang in me
A little while, that in me sings no more.

我，生為女人

我，生為女人，且為我族類
所有的困厄和意向而苦惱，
因你的親近，促使我發覺
你的美善，感覺有一股熱望
想讓你身體的重量壓在我胸上。
生命的氣動，其設計如此微妙，
既使心情明晰，又讓理智昏暗，
讓我再一次鬆懈防備，瘋狂著迷。
然而，別以為這是我激烈的血液
對我猶豫的頭腦，不幸的背叛；
我將憐惜地憶起你，或者以同情
調和我的輕蔑——讓我明白地說：
我覺得這一時的狂放不足以成為
再度碰面時我們交談的理由。

I, Being Born a Woman

I, being born a woman and distressed
By all the needs and notions of my kind,
Am urged by your propinquity to find
Your person fair, and feel a certain zest
To bear your body's weight upon my breast:
So subtly is the fume of life designed,
To clarify the pulse and cloud the mind,
And leave me once again undone, possessed.
Think not for this, however, the poor treason
Of my stout blood against my staggering brain,
I shall remember you with love, or season
My scorn with pity,—let me make it plain:
I find this frenzy insufficient reason
For conversation when we meet again.

譯者說／

　　米蕾（Edna St. Vincent Millay, 1892-1950），美國女詩人。在她八歲時，父母離異，由母親獨力撫養她和兩個妹妹。原本是音樂家的母親為她們姊妹佈置了一個洋溢書香與樂聲的成長環境。米蕾在大學時代就已展現創作和演戲的才華，也開始注意到女性主義和婦女參政權的議題。1917年自瓦薩爾（Vassar）大學畢業後，她移居紐約，開始她的詩創作、編劇和演員生涯。

　　1917年，她的第一本詩集《再生及其他》（Renascence and Other Poems）出版，引起美國詩壇的注意。1920年和1921年，《荊棘叢中的幾顆無花果》（A Few Figs from Thistles）和《第二個四月》（Second April）相繼出版。1923年出版的《豎琴織工及其他》（The Harp Weaver and Other Poems），為她贏得該年度的普立茲詩獎，使她成為第一位得到此項殊榮的女性作家。此後她陸續出版的詩集有《雪中牡鹿》（The Buck in the Snow, 1928），《致命的會晤》（Fatal Interview, 1931），《這些葡萄釀出的酒》（Wine from These Grapes, 1934），《午夜對談》（Conversation at Midnight, 1937），《獵人，所獵為何》（Huntsman, What Quarry, 1939），《明亮的箭》（Bright These Arrows, 1940），以及《理岱思謀殺案》（Murder of Lidice, 1942）。

　　米蕾的一生多采多姿——無論在創作、生活或情感方面。1918年到紐約後，她住進格林威治村，一頭栽入崇尚藝術、文學、學術自由的波希米亞式的世界，她的女性主義意識和政治狂熱在此時更形茁壯。她的情史豐富：曾和數名男性和女性有過轟轟烈烈的戀情；曾有多位男士向她求婚；曾為一名法國小提琴家而墮胎。1923年，她愛上一名荷蘭鰥夫尤金‧波賽凡（Eugen Boissevain）。他是一名紐約進口商，也是女性主義的支持者。該年7月，他們結婚；婚後不久，米蕾便因病住院，她的得獎詩作有些就是在這段療養期間完成的。1925年，他們在紐約鄉間買了一座農場，在

那裡他們度過了後半生。

　　雖然我們在米蕾的一些抒情詩裡看到浪漫主義的影響，雖然有批評家將她和十七世紀的鄧恩（John Donne）相提並論，但是她敢於特立獨行，以實際行動挑戰傳統的性觀念和社會禮教，並且不時在作品中傳遞出反叛精神和男女平權的觀念，在她那個時代可謂相當前衛。在女性主義發展史上，米蕾無疑佔有一席之地。

　　〈我的唇吻過誰的唇〉似是詩人複雜情感經驗的投射之作。究竟和哪些人在哪裡親吻或做愛，詩中人已不復記憶，午夜夢迴，對逝去的戀情感到心痛、惆悵。枝頭鳥兒紛紛飛離的孤寂冬日之樹，是詩人境遇和心情的寫照；再輝煌的情史也終會雲煙盡散（「只知道夏天曾經在我的身上／短暫歌唱過，而後不再歌唱」）。這首詩道出了在愛情世界摸索卻找不到出口或歸屬的落寞與寂寥。

　　在〈我，生為女人〉一詩，米蕾的敘述策略相當獨特：她模擬演說或解說的方式，採取超然又冷靜的語調。詩人首先表明自己的性別屬性，接著以「我族類」指稱女性，暗示女性是地球物種之一，有著該物種與生俱來的一切特質與侷限，也為詩作的主題預留伏筆：身體對情慾的反應即是本能之一。然後，她像產品解說員一般，說明情慾在體內運作的詳細流程。最後她做出結語：身體反應與內在心智無涉，雖然與她發生親密關係的男士讓她留下美好回憶，但她奉勸他不要自作多情（「這一時的狂放不足以成為／再度碰面時我們交談的理由」）。這首宣告女性情慾自主、奪回女性對身體的自主權的詩作寫於八十幾年前，我們不得不佩服米蕾的遠見。

湯瑪斯 (1914-1953)

我的行業或陰鬱的藝術

我的行業或陰鬱的藝術
——進行於闃靜的夜裡
當唯有月亮發狂
而戀人們躺臥在床
懷抱他們全部的悲傷；
我對著如歌的光辛苦著
不為野心或麵包，
不為象牙舞台上的
高視闊步風騷炫耀，
只求換取戀人們最祕密
的心，做為平凡的酬勞。

不為那自外於我在這些
如海浪飛沫般的紙上

Dylan Thomas (1914-1953)

In My Craft or Sullen Art

In my craft or sullen art
Exercised in the still night
When only the moon rages
And the lovers lie abed
With all their griefs in their arms,
I labour by singing light
Not for ambition or bread
Or the strut and trade of charms
On the ivory stages
But for the common wages
Of their most secret heart.

Not for the proud man apart
From the raging moon I write

書寫到的狂月的驕傲者，
不為那些有夜鶯和
讚美詩相伴的崇高死者，
我只為戀人們，他們
懷抱千古的憂傷，
既不給掌聲，也不給酬勞，
也不注意我的行業或藝術。

On these spindrift pages
Nor for the towering dead
With their nightingales and psalms
But for the lovers, their arms
Round the griefs of the ages,
Who pay no praise or wages
Nor heed my craft or art.

不要溫柔地走進那良夜

不要溫柔地走進那良夜，
白晝將盡，老年當狂吼激憤；
怒斥，怒斥光明之將滅。

智者臨終雖知黑暗真確，
因其言語未曾迸發閃電，他們
不要溫柔地走進那良夜。

善者，當最後的浪退去，哀覺
其微弱善行原或可於碧灣中歡舞幸甚，
怒斥，怒斥光明之將滅。

狂者追逐飛奔的金陽，讚之以歌樂，
遲遲方悟，他們一路悔恨，
不要溫柔地走進那良夜。

Do Not Go Gentle into That Good Night

Do not go gentle into that good night,
Old age should burn and rave at close of day;
Rage, rage against the dying of the light.

Though wise men at their end know dark is right,
Because their words had forked no lightning they
Do not go gentle into that good night.

Good men, the last wave by, crying how bright
Their frail deeds might have danced in a green bay,
Rage, rage against the dying of the light.

Wild men who caught and sang the sun in flight,
And learn, too late, they grieved it on its way,
Do not go gentle into that good night.

沉重者，在生命盡頭，以眩茫的視覺
看見盲瞳閃耀如流星且歡欣，
怒斥，怒斥光明之將滅。

而您，我的父親，身處極度的悲切，
用您熾熱的淚詛咒、祝福我吧，我求您。
不要溫柔地走進那良夜。
怒斥，怒斥光明之將滅。

Grave men, near death, who see with blinding sight

Blind eyes could blaze like meteors and be gay,

Rage, rage against the dying of the light.

And you, my father, there on the sad height,

Curse, bless, me now with your fierce tears, I pray.

Do not go gentle into that good night.

Rage, rage against the dying of the light.

譯者說／

　　湯瑪斯（Dylan Thomas, 1914-1953），英國詩人，出生於威爾斯，父親是英語教師。湯瑪斯未進大學，讀完中學後當過短期的報社記者，開始發表詩作，於 1933 年獲《星期日仲裁者報》詩獎。次年該報出版其第一本詩集《詩十八首》，他移居倫敦，成為英國廣播公司播音員，並開始寫劇本和短篇故事。1936 年，宗教色彩濃厚的《詩二十五首》出版，奠定其詩壇地位。1939 年《愛的地圖》（The Map of Love）出版；1946 年，《死亡與入口》（Deaths and Entrances）出版，詩題出自鄧恩最後的講道文〈死亡的決鬥〉。在這兩本詩集中他書寫強烈的感官經驗，透過戰爭省思人性課題，將死亡的主題與宗教神話融合，展現出銳利、冷峻的筆鋒，艱澀、多變的詩風，跳脫式的思維模式，以及間接指涉的隱喻式語言。湯瑪斯是將超現實主義引進英國詩壇的先驅作家之一，一生詩作數量不多，但風格獨特，開風氣之先，對後起的英美詩人有深遠影響。

　　1940 年，他出版了一本趣味性十足、自傳性質的小說《一隻年輕藝術狗的畫像》（The Portrait of the Artist as a Young Dog）；1954 年，他死後一年，以童年題材寫成的廣播劇本《在牛奶林下》（Under Milk Wood）出版。他同時是出色的朗讀家，曾數次巡迴美國公開演出，朗讀自己和其他詩人詩作。他不僅是文字的魔術師，也是聲音的表演者。他大半生都為生活奔波。1937 年，與凱特琳（Caitlin Macnamara）結婚，婚後育有三名子女，生活重擔讓他飽受壓力，他的酗酒惡習和花費無度更使困頓的生活雪上加霜。1953 年，因狂飲威士忌（似有尋死的意圖）而死於酒精中毒。

　　在〈我的行業或陰鬱的藝術〉的第一節，湯瑪斯說寫詩是一種行業，從事這個行業的他既不求名利（「野心或麵包」），也不為出風頭（「象牙舞台上的／高視闊步風騷炫耀」），只求探知「戀人們最祕密的心」──這暗示出「愛情」是湯瑪斯心目中最值得開發或深入探討的書寫題材。在第二節，湯瑪斯說他不想為那些不懂他詩中熱情的人寫詩（「自外於我在這些／如海浪飛沫般的紙上／書寫到的狂月的驕傲者」），也不想寫詩

去歌頌或悼念那些早已享有盛名的死者。然而,詩人即使熬夜苦思寫出了以愛情為主題的詩作,戀人們也不見得會去閱讀(「不注意我的行業或藝術」),當然也就不會給予讚美,或者酬謝他們的辛勞了(因此湯瑪斯稱寫詩這個行業為「陰鬱的藝術」)——這道出詩人缺乏知音的孤寂。

那麼,戀人們心靈深處究竟蘊藏著什麼值得書寫的祕密呢?答案是「千古的憂傷」。自古以來,詩人們寫了成千上萬情詩,寫盡愛情各種面貌,但在甜美、神聖的愛情背後始終隱藏著陰影:嫉妒、猜疑、焦慮、挫折、衝突、爭執、欺騙、背叛、生離、死別、世俗的眼光、相思之苦、無法滿足的慾望、無能契合的靈魂、無法跨越的鴻溝⋯⋯,這些數不盡的陰影便是愛情憂傷的源頭,也是古今戀愛中男女的宿命,而湯瑪斯認為這千古的憂傷可寫成動人的詩篇。

2014 年電影《星際效應》(Interstellar)熱映,片中反覆出現的湯瑪斯名詩〈不要溫柔地走進那良夜〉一時廣為流傳。這是湯瑪斯寫給兩眼變瞎的老父之作。全詩形式嚴整,用語驚人卻又精準壯麗,渲染力強。一開始,詩人把一般人視為負面事物的死亡與黑暗比做「良夜」,顯見他接受「人皆必死」之現實,但他請求父親即便身陷絕境,也不可溫柔地向生命道晚安,即便在日暮之年也要盡情燃燒自己,表達抗拒命運的激情與悲憤。在第二到第四節詩,他以智者、善者、狂者、沉重者四種人的生命態度鼓勵父親做生命鬥士。智者覺得自己此生未曾留下如閃電般驚人之論,死神當前,仍不願輕易就範;當生命最終之浪拍岸,善者覺得此生善行仍嫌脆弱,不足以在歷史的海灣留下美麗身影,對生命之光將熄發出怒吼;狂者如夸父追日虛妄度日,最後覺悟生命流逝如稍縱即逝的陽光,悔之已晚,仍想抗拒死亡;瀕死的沉重者即便視覺退化,兩眼依然閃現渴望生存之光,企圖拒斥目盲之事實。在最後一節,詩人力勸父親挺住,以頑強的姿態面對殘酷的病痛與生命的挑戰。

普拉絲 （1932-1963）

對手

如果月亮微笑，她會跟你很像。
你給人的印象和月亮一樣，
美麗，但具毀滅性。
你倆都是出色的借光者。
她的 O 型嘴為世界哀傷，你的卻不為所動，

你最大的天賦是點萬物成石。
我醒來身在陵墓；你在這裡，
手指輕叩大理石桌，想找香菸，
惡毒如女人，只是沒那麼神經質，
死命地想說些讓人無言以對的話。

月亮也貶抑她的子民，
但白天時她卻荒誕可笑。

Sylvia Plath (1932-1963)

The Rival

If the moon smiled, she would resemble you.
You leave the same impression
Of something beautiful, but annihilating.
Both of you are great light borrowers.
Her O-mouth grieves at the world; yours is unaffected,

And your first gift is making stone out of everything.
I wake to a mausoleum; you are here,
Ticking your fingers on the marble table, looking for cigarettes,
Spiteful as a woman, but not so nervous,
And dying to say something unanswerable.

The moon, too, abases her subjects,
But in the daytime she is ridiculous.

而另一方面，你的怨懟
總經由諸多郵件深情地定期送達，
白色，空茫，擴散如一氧化碳。

沒有一天可以不受你的消息干擾，
你或許人在非洲漫遊，心卻想著我。

Your dissatisfactions, on the other hand,
Arrive through the mails lot with loving regularity,
White and blank, expansive as carbon monoxide.

No day is safe from news of you,
Walking about in Africa maybe, but thinking of me.

小孩

你清澈的眼睛是絕美之物。
我想讓它裝滿色彩和鴨子，
物物新奇的動物園

你不停思索它們的名字——
四月的雪鈴花，水晶蘭，
無皺紋的

小葉柄，
倒影理當
華美典雅的水塘，

而非這因苦惱而
擰絞的雙手，這暗
無星光的天花板。

Child

Your clear eye is the one absolutely beautiful thing.
I want to fill it with color and ducks,
The zoo of the new

Whose names you meditate—
April snowdrop, Indian pipe,
Little

Stalk without wrinkle,
Pool in which images
Should be grand and classical

Not this troublous
Wringing of hands, this dark
Ceiling without a star.

譯者說／

　　普拉絲（Sylvia Plath, 1932-1963），名震大西洋兩岸、只活了三十一歲的美國天才女詩人。和夫婿泰德‧休斯（Ted Hughes, 1930-1998）兩人，可說是英語現代詩壇的金童玉女，她的自殺身亡，她與休斯間的恩恩怨怨，更成為當代文壇持久不衰的熱門話題。

　　普拉絲出生於美國麻州，父親是波士頓大學生物教授，大黃蜂權威，在她八歲時去世。普拉絲天資聰穎，姣好的外形和創作才華使她在進入史密斯學院後風頭甚健。1951 年，她獲得婦女雜誌《小姐》的小說獎，隔年暑假獲邀前往紐約實習採訪。1953 年秋天，她吞服大量安眠藥企圖自殺，被送往精神病院接受電擊治療。1955 年，她以全校最佳成績畢業，獲富爾布萊特獎學金前往英國劍橋大學深造，次年結識了休斯，於 1956 年結婚。1960 年，普拉絲第一本詩集《巨神像》（*The Colossus*）出版，展現出技巧的完整性，語言的精確度與張力，對韻律的敏感度，帶給她名氣與自信。1962 年 5 月，加拿大詩人大衛‧威維爾（David Wevill）偕妻子阿西亞‧格特曼（Assia Guttman）來訪。7 月，普拉絲發現休斯與阿西亞有染，深受打擊，被嫉妒、憤怒所吞噬，兩個月後她提出分居。她與絕望、病痛為伍，憂鬱症隱隱浮動，但創作力卻源源不絕。身心越是痛苦，她的創作能量反而更形豐沛；自毀欲望越是蠢動，自指尖流洩出的文字反而更形激越、清澄。不到兩個月的時間，她寫了四十首多詩──她死後出版的詩集《精靈》（*Ariel*）的主體──以宣洩心中飽和的情感。1962 年 12 月，她帶著孩子搬進倫敦的一間公寓，卻不幸遇到英國一百五十年以來最寒冷的冬天，水管凍裂，大雪封路，能源短缺，經濟拮据，精神苦悶，讓普拉絲的憂鬱症更形惡化。1963 年 2 月 11 日清晨六點，她拋下睡夢中的兩個幼兒，在自家住宅開瓦斯結束了自己的生命。

　　此處第一首詩〈對手〉，收於詩集《精靈》，廣為人傳誦。此詩精練、生動地傳遞出普拉絲與休斯這對夫妻詩人間，互怨互斥又互相憐惜、互為

寫作「對手」的微妙情境。看似無情卻有情，看似不在意，其實仍念茲在茲：「沒有一天可以不受你的消息干擾，／你或許人在非洲漫遊，心卻想著我。」口說是「受干擾」，心卻自得意於自己仍日日被思念。

第二首詩〈小孩〉寫於 1963 年 1 月 28 日，普拉絲自殺前兩週。普拉絲在死前最後幾個月的例行生活儀式幾乎是：凌晨三、四點起床寫作至小孩睡醒，然後開始照料小孩、處理家庭雜務。在陰暗的凌晨到天亮這段時間（她自己所說「公雞啼叫之前，嬰孩啼哭之前，送牛奶人尚未置放瓶罐發出玻璃音樂之前的靜止、清藍、幾近永恆的時刻」），她可以不受現實生活攪擾，剝除日常雜務，專注於詩的寫作。一對兒女在普拉絲生命中佔有十分重要的位置，他們雖然不足以驅走存在於現實生活中的憂鬱和痛苦，但絕對是她喜悅的重要源頭，是她生命灰暗期的重要發光體。在「暗無星光的」心之囚室裡被生之苦惱擰絞的她，雖然終究選擇自盡，捨自己心愛的小孩而去，但她仍期待孩子的世界充滿色彩，不受陰暗所困，沒有皺紋，像一個「倒影理當華美典雅的水塘」。〈小孩〉是一首深情而動人的詩，被愛所棄的詩人仍期盼她孩子「清澈的眼睛是絕美之物」，不停目睹、思索這世界的美與愛。

施家彰 (1950-)

一隻蜂鳥棲息於紫丁香枝頭

一隻蜂鳥棲息於紫丁香枝頭，
心其平靜。一次酷寒也許
凍死百萬隻大花蝶？我跟隨
庭中花開的波浪：從鳶尾花到
野玫瑰到瞿麥到罌粟到山梗菜
到蜀葵。你也許可以在黑頭蠟嘴鳥
從三角葉楊木傳來的歌聲找到波浪
或者當你傾聽蟋蟀在薄暮鳴叫。
我吸著你的髮香，看
一隻墨魚在水中放出水墨之雲。
你也許可以在成都市場一隻
燻過的被擺平了的豬頭裡找到波浪，
或者在一隻蝴蝶的鑽石脈動裡。
我也許可以找到它當第二十次

Arthur Sze (1950-)

A Hummingbird Alights on a Lilac Branch

A hummingbird alights on a lilac branch
and stills the mind. A million monarchs
may die in a frost? I follow the wave
of blooming in the yard: from iris to
wild rose to dianthus to poppy to lobelia
to hollyhock. You may find a wave in
a black-headed grosbeak singing from a cottonwood
or in listening to a cricket at dusk.
I inhale the smell of your hair and see
the cloud of ink a cuttlefish releases in water.
You may find a wave in a smoked and
flattened pig's head at a Chengdu market,
or in the diamond pulse of a butterfly.
I may find it pulling yarn out of an indigo vat

從靛藍染缸抽出紗，看著紗在空氣中
顏色變深，又變深。我找到它
當我的手依著你腰的曲線移動，
慢慢慢慢察覺銀河的傾斜。

for the twentieth time, watching the yarn
turn dark, darker in air. I find it
with my hand along the curve of your waist,
sensing in slow seconds the tilt of the Milky Way.

譯者說／

　　施家彰（Arthur Sze），一九五○年出生於紐約，為第二代華裔美國人，畢業於加州大學柏克萊分校，一九七二年之後，定居於新墨西哥的聖塔菲。出版的詩集包括《楊柳風》（*The Willow Wind*, 1972）、《兩隻烏鴉》（*Two Ravens*, 1976）、《眩惑》（*Dazzled*, 1982）、《河流，河流》（*River River*, 1987）、《群島》（*Archipelago*, 1995）、《流動的紅蛛網：1970-1998 詩作》（*The Redshifting Web: Poems 1970-1998*, 1998）、《結繩記事》（*Quipu*, 2005）、《銀杏之光》（*The Ginkgo Light*, 2009）、《羅盤玫瑰》（*Compass Rose*, 2014）、《瞄準線》（*Sight Line*, 2019）等，以及英譯中國詩集《絲龍》（*The Silk Dragon*, 2001）。編有《中國作家論寫作》（*Chinese Writers on Writing*, 2010）。其作品刊載於全美各大文學雜誌和選集，也曾譯成中文、義大利文和土耳其文等。

　　他現在是美國詩人學會理事，曾擔任過布朗大學、巴德學院、那諾巴學院的駐校作家，印地安藝術學院創作系主任，並在全美各地舉行詩歌朗讀會。獲得的獎項包括麗拉・華里絲讀者文摘作家獎，亞裔美人文學獎（1999），Balcones 詩獎（1999），印地安藝術基金會獎（1999），美國書籍獎（1996），Lannan 詩歌文學獎（1995），Jackson 詩歌獎（2013）、國家圖書獎（2019）等，《羅盤玫瑰》入圍 2015 年普立茲詩歌獎，為決審三本詩集之一。近年來他在美國詩壇頗受注目，是亞裔美國詩人中創作成績極突出者。

　　施家彰頗擅於將西方現代主義技巧與中國詩技巧和「深沉意象派」詩歌的原型意象結合在一起。他作品中的意象精準明晰，不時流露出超現實的趣味。《紐約時報》書評稱讚他的詩結合不同領域的經驗——天文學，植物學，人類學，道家思想……以細微的觀察見證它們之間的關聯。

　　2002 年 10 月，他與妻子卡蘿・莫朵（Carol Moldaw）偕同 1992 年諾貝爾獎得主聖露西亞詩人瓦科特（Derek Walcott）來台灣訪問。他們曾

到花蓮，陳黎與他們伉儷一起在東華大學唸詩，並互贈詩集。2007 年 11 月，施家彰受陳黎之邀再度來台，到花蓮參加第二屆「太平洋詩歌節」。

此首〈一隻蜂鳥棲息於紫丁香枝頭〉為其組詩〈線鑽〉（The String Diamond）七首詩中的最後一首，全詩以節制的語言，充滿畫面的意象，將自然景象與女性特質結合，在靜謐的氛圍中傳遞出愛戀的魔力與潛藏內心的強烈騷動，鮮活又深刻地詮釋出心動的感覺──隨愛的韻律交鳴、舞動身體的一對愛侶是微型的銀河系：「當我的手依著你腰的曲線移動，／慢慢慢慢察覺銀河的傾斜。」陰與陽，動與靜，戀人們的小宇宙與外在的大宇宙，在此微妙地相通。

希爾曼 (1951-)

毛髮

——在我們做完愛以後
我的一根毛髮還留在他的嘴裡。

他用手肘撐起身子，
他背後廊燈的光影讓他看起來像
歌劇院外
一株黑色的蒲公英，他用
食指和大拇指
耐心地試著將那根毛髮弄離舌根，

輕輕地推呀推，
然後那喝醉般東倒西歪的小水手自發而傻氣地
挺身而出⋯⋯

Brenda Hillman (1951-)

The Hair

—the time when after we make love
he still has one of my little hairs in his mouth.

Propping himself up on an elbow
the hallway light behind him making him look like
a black dandelion
outside an opera house, he uses
his forefinger and thumb to
try to coax the hair from the back of the tongue,

a slight push push
then the little drunken sailor voluntarily but childishly
comes forward...

即便交往多時的情侶都覺羞赧的時刻。
三番兩次進攻。
他親了我一下，在親吻時，將
還留在他的嘴裡那根毛髮

遞進我嘴裡。
這根閃亮的Ｓ形之類的棕毛。
我思量它所代表的字眼：

寄居者，纖細的，機敏：

我借出的東西
如今已全數奉還，肉體
沉浸在他據有的
靈魂裡，被掌握，不寂寞──

An embarrassing moment even for older lovers.
Two or three attempts at this.
He kisses me once, and in so doing,
passes the hair which was still on his tongue

into my mouth.
This brown shiny S or whatever.
I consider the words it could stand for, then:

sojourner, slim, sagacity;

whatever I have loaned
has been given back to me, theme, the body
inside the soul
he holds, is held by, and is not lonely—

見到你之前那個小時

當我們分開，即使只一小時，
你便成為佇立於大道的街景，
進退維谷，霓虹燈下，
　　拿著那巨大的
有關首善之城的紅皮書——；

　　下一個小時你會是什麼樣子，
——忙亂地走過
人行道上路燈投下的
乳黃色硬幣來到你車上，經過
　　映照於窗上的燭光，當
礦石般的鳴笛聲消逝於不
歸路，——驅車返家經過
　　春臨之前燦亂的梅花
一如你的思緒……

　　這些樹趕忙將葉子染成鐵鏽色，
各個都是能量充沛的時間環節——
　　它們無法容忍不精確。
廣場上抗爭的消息——在彼方——

The Hour Until We See You

When we part, even for an hour,
you become the standing on the avenue
baffled one, under neon,
   holding that huge
red book about the capital— ;

   what will you be in the next hour,
—bundled to walk
through creamy coins from streetlamps
on sidewalks to your car, past
   candles reflected in windows, while
mineral sirens fade in the don't-
return,—driving home past
   pre-spring plum blossom riot
moments of your thought…

   Those trees rush to rust leaves,
each a time-hinge with great energy—
   they can't bear inexactitude.
News of revolts in the squares—there—

而此地，妒忌者們已到咖啡館
　高談闊論將事情淡化——
　　親愛的，文學之火正熊熊燃燒，
　我們要將之具體化——；
　　你已開車經過這些房間
一萬次去做報告；
做報告；
　千萬別忘了你當時的感受——

& here, the envious have gone to cafés
        to speak in order to leave things out—
            Love, literature is in flames,
        it was meant to be specific—;
            you have driven past these rooms
ten thousand times to make your report;
make your report;
        never forget how you felt—

譯者說／

　　布蘭達・希爾曼（Brenda Hillman, 1951-），生於美國亞利桑那州，美國當代著名女詩人，作品風格多樣，深入各種題材，極富創新與實驗精神。著有詩集《白衣》（White Dress）、《明亮的存在》（Bright Existence），《實在的水》（Practical Water）和《著火字母的四時之作》（Seasonal Works with Letters on Fire）等十種。曾獲威廉・卡洛斯・威廉斯詩歌獎、美國詩人學會獎、加拿大國際格里芬詩歌獎等多種獎項。現為加州聖瑪麗學院詩歌教授兼創作研究所主任，同時也是一位環境保護主義者。與夫婿──曾任美國桂冠詩人的羅伯特・哈斯（Robert Hass, 1941-）居於加州柏克萊。

　　希爾曼和哈斯各自經歷過一次婚姻之後才相遇。希爾曼 1970 年代在愛荷華大學作家工作坊攻讀碩士，1975 年在愛荷華遇其第一任丈夫，任教於加州大學柏克萊分校英語系的小說家麥可士（Leonard Michaels），兩人翌年於柏克萊結婚，1980 年代末離異。哈斯第一任妻子珥琳・賴芙（Earline Leif）是精神治療醫師，兩人於 1962 年結婚。哈斯自 1989 年起在加州大學柏克萊分校英語系任教，他與希爾曼應是在八〇年代末、九〇年代初開始交往，於 1995 年結婚。1994 年，希爾曼出版三十六頁的限印版小本詩集《秋之旅》（Autumn sojourn），收錄二十四首各十二行的聯篇情詩，並插入三首俳句式的短詩──這是她送給哈斯的結婚禮物。而 1993 年，希爾曼的詩集《明亮的存在》扉頁上即印著「獻給羅伯特・哈斯」（For Robert Hass）。哈斯對她而言，似乎是一個巨大的存在。哈斯 1973 年的處女詩集《田野指南》（Field Guide）是希爾曼七〇年代的最愛之一，相識相戀後哈斯是她寫作路上的「副駕駛」，兩人亦師亦友，志趣相投。但希爾曼的詩一點都沒有因與哈斯並列而變得黯淡，她詩作展現的強度與高度，比之哈斯，毫不遜色。選自《明亮的存在》一書的〈毛髮〉，是一首情、趣兼具，靈、肉合一，非常可愛而獨特的情詩。倒數第二節以三個

s 開頭的字構成：sojourner, slim, sagacity，可惜中譯無法呈現其妙，只能保有其意：寄居者，纖細的，機敏。

2014 年 8 月，陳黎受邀參加上海書展「國際文學周」，有幸與書展貴賓哈斯、希爾曼伉儷一起分享詩創作與翻譯的經驗。8 月下旬陳黎赴美參加愛荷華大學國際寫作計畫，10 月初應哈斯之邀前往加州大學柏克萊分校念詩、談詩，並約定出版一本哈斯伉儷兩人的中譯詩選《當代美國詩雙璧》，由陳黎和張芬齡合力為之。上海書展「國際文學周」有一場詩歌之夜，與會詩人輪番登場念詩，希爾曼念的是詩集《著火字母的四時之作》中的〈見到你之前那個小時〉——另一首寫給哈斯的情詩。但在這首詩裡，戀人們的「小愛」被提升為關心人類、社會的「大愛」。哈斯與希爾曼長期共同關注環境、正義，共享與大自然的親密關係。在他們分開的那一小時間，希爾曼想像開車去講演的哈斯，經過日常的街道、咖啡館，路上也許會為行將迸發的春日大自然之美與活力雀躍、震顫（「驅車返家經過／春臨之前燦亂的梅花／一如你的思緒」）。面對此地這些「能量充沛」、充滿活力的花與樹，希爾曼提醒愛人，在世界其他地方，有人正為不公、不義之事「在彼方」的廣場抗爭。她告訴她的「愛人／同志」：「親愛的，文學之火正熊熊燃燒，／我們要將之具體化——」。希爾曼是一個積極的反戰份子，反戰，為了和平，為了愛。對她來講，關愛自己的戀人和關愛世界是二而為一的。

此詩中「有關首善之城的紅皮書」指的是托爾斯泰寫莫斯科的《戰爭與和平》。

詩人索引

關於譯著者／

　　陳黎，1954 年生，台灣師大英語系畢業。著有詩集，散文集，音樂評介集等二十餘種。曾獲國家文藝獎，吳三連文藝獎，時報文學獎推薦獎、敘事詩首獎、新詩首獎，聯合報文學獎新詩首獎，台灣文學獎新詩金典獎，梁實秋文學獎翻譯獎等。2005 年獲選「台灣當代十大詩人」。2012 年獲邀代表台灣參加倫敦奧林匹克詩歌節。2014 年受邀參加美國愛荷華大學「國際寫作計畫」。2015 年受邀參加雅典世界詩歌節，新加坡作家節及香港國際詩歌之夜。2016 年受邀參加法國「詩人之春」。

　　張芬齡，台灣師大英語系畢業。著有《現代詩啟示錄》，與陳黎合譯有《辛波絲卡詩集》、《聶魯達雙情詩》、《精靈：普拉絲詩集》、《拉丁美洲現代詩選》、《帕斯詩選》、《世界當代詩抄》等二十餘種。曾獲林榮三文學獎散文獎、小品文獎，並多次獲梁實秋文學獎翻譯獎。2017 年與陳黎同獲胡適翻譯獎。

有一天，我把她的名字寫在沙灘上 / 陳黎, 張芬齡著.
-- 初版. -- 新北市：臺灣商務, 2020.04
376 面；14.8×21公分

ISBN 978-957-05-3264-7 (平裝)

813.1   109003419

Muses

有一天，我把她的名字寫在沙灘上

譯 著 者—陳黎、張芬齡
發 行 人—王春申
總 編 輯—張曉蕊
責任編輯—鄭莛
封面設計—兒日設計
內頁排版—徐莉純

業務組長—何思頓
行銷組長—謝宜華
出版發行—臺灣商務印書館股份有限公司
　　　　　23141 新北市新店區民權路 108-3 號 5 樓（同門市地址）
　　　　　電話 ◎ (02) 8667-3712　傳真 ◎ (02) 8667-3709
讀者服務專線 ◎ 0800056196
郵撥 ◎ 0000165-1
E-mail ◎ ecptw@cptw.com.tw
網路書店網址 ◎ www.cptw.com.tw
Facebook ◎ facebook.com.tw/ecptw

局版北市業字第 993 號
初　　版：2020 年 4 月
印　　刷：沈氏藝術印刷股份有限公司
定　　價：新台幣 450 元
法律顧問：何一芃律師事務所
有著作權・翻印必究
如有破損或裝訂錯誤，請寄回本公司更換

臺灣商務官方網站　臺灣商務臉書專頁